一个人也要优雅前行

一抹寒烟 著

中国华侨出版社

图书在版编目（CIP）数据

一个人也要优雅前行 / 一抹寒烟著. —北京：中国华侨出版社，2016.7

ISBN 978-7-5113-6120-2

Ⅰ.①—⋯ Ⅱ.①—⋯ Ⅲ.①散文集—中国—当代 Ⅳ.①I267

中国版本图书馆 CIP 数据核字（2016）第 149433 号

一个人也要优雅前行

著　　者／一抹寒烟
策划编辑／周耿茜
责任编辑／文　蕾
责任校对／高晓华
封面设计／一个人·设计
经　　销／新华书店
开　　本／880 毫米 ×1230 毫米　1/32　印张／8.5　字数／143 千字
印　　刷／北京中印联印务有限公司
版　　次／2016 年 8 月第 1 版　2016 年 8 月第 1 次印刷
书　　号／ISBN 978-7-5113-6120-2
定　　价／32.80 元

中国华侨出版社　北京市朝阳区静安里 26 号通成达大厦 3 层　邮编：100028
法律顾问：陈鹰律师事务所
编辑部：(010) 64443056　64443979
发行部：(010) 64443051　传真：(010) 64439708
网　　址：www.oveaschin.com
E-mail：oveaschin@sina.com

自序
最美的时光，未必地老天荒

完成这部书稿的时候，已是岁末，梅花点点，瑞雪纷飞。指间烟火闪烁一下在黎明前熄灭，结尾的标点，画上这个冬天的圆。

这是一段记忆的截取，从黄昏到午夜慢慢沉寂，这是一份岁月的典籍，铭记生命相似的过去和未来的希冀。从塞北到南疆，从江南走到东海，携着灵魂里坚韧的信念，在文字里随遇而安。

关于文字，有点误入藕花深处的感觉，少年的孤单和青春的迷茫在文章里寻找到梦想的方向，外婆的三尺教鞭是严厉的苛求，一首首单调的诗词却填充我少年的时光。17岁军营生活以及后来漂泊的岁月，每个夜晚记录的点滴都时刻提醒生活的艰难和理想的美好。这些年来，体会过西行路上的黄沙扑面，也在江南的小镇追逐过梦想的高度。如果说一阕"雨霖铃"是寂寞的沙漏，人生驿站点燃的烛火就可以照亮万古时空，让身后的路寻觅光明所在。时间沉淀之后，泪和欢笑时常萦绕在耳边，这些来自于生活的琐碎时刻敲打自己，让我不由自主地拿起笔，在墨色里组合自己的人生！

那些走进我生活的人和事，那些青葱和迷茫的情愫让人不由自主地拿起手中的笔，最美的时光未必地老天荒，我们都希望把最好的记忆留给最后的人。

每一天都是新的开始，岁月剔除时间的杂质，经历中不为人知的故事用温暖的文字演绎，或者也能感染有过相同经历的人。如果说文字受环境影响的话，决定于自己风格的更是生长的环境。一阕词、一首诗，我们信手拈来的词汇除了储存的印象，还有求学时填鸭式的教育。在消化知识的过程中,无论质朴还是飘逸,能把自己的情感传递到读者的心中引发共鸣,就是文字赋予的魅力。

"四十年来家国,三千里地山河",今天再读李煜的"破阵子",回首往事已没有悔恨的悼亡。散文讲究的是语言美,而意境的唯美却需要用内心来营造,四十多年来,儿时的故事和外婆的教诲影响了我的一生,也有童年的孤单和青春的迷惘。在我的笔下留存的故事中,没有春花秋月何时了的悲戚,却有少年不知愁滋味的对月长啸。如果生命是孤单的行走,还是相信一句话,只要生命不是终点,我依然在路上。

文字是情感的抒发,今天的文字已经不是寂寞的排解,在我漂泊几十年的光阴中,经历的、看到的一切都在岁月中慢慢发酵。我为他们哭,为他们笑,把那些感知用文字方式表达出来,却摒弃了当时怨天尤人的嗟叹。相信生活是美好的,生命中遇见的每一个人都活生生地留在文字里,用鲜活的形象对我说:无论生命有多少苍凉和丰盈,未来都有可以把握的幸福。

成长的年代,童年不仅是物质的贫瘠,也有精神世界的匮乏，一本线装书隐藏的故事就是少年广阔的天空。文字的兴趣是少年埋下的种子，经历了岁月的浇灌，它在我心中开出了花。晴空月下，明月西沉，无数次盯着窗外幻想外婆的故事里讲述的美好，从《聂小倩》到《婴宁》，别样的世界在无数个夜晚都让少年的心产生无限的遐想。孤帆远影的萧索中，万里长江又以奔腾的气势承载民族几千年的历史，激起时代一朵朵浪花，让今天的我们依然唱着李白的《将进酒》站在时代的潮头……

搁笔沉思，记忆如排山倒海，曾经的悲喜在今天回首时真的不值一提。所能做的是兑现自己许过的意愿：写一个地老天荒又如何，用文字感恩生命，只为今生的你！

今生的你，是亲人，也是师长，路还在脚下，明天就在眼前，感谢五湖四海支持我的读者、帮助我的朋友，就是你们让我产生写作的动力。那些不期而遇的快乐和时间交替在一起融入心底，翻起的记忆，淋过烟雨，走向夕阳！

Contents 目录

第一卷 愿我们被时间温柔相待

第一章 指上春红 / 002

第二章 那年的树下那年的你 / 006

第三章 冬日樱树红 / 011

第四章 你的故事,我的梦 / 016

第五章 冬天的火焰 / 019

第六章 愿我们被时间温柔相待 / 024

第七章 转身,遇到冬 / 029

第八章 家有『长发』/ 033

第九章 走过的路,是心的旅程 / 038

第十章 迎春 / 043

第十一章 月色如霜心如雪 / 048

第二卷　下一站，幸福

第一章　相遇在秦川 / 054

第二章　素年花开 / 059

第三章　江南的老弄堂 / 064

第四章　汉陵遗香 / 069

第五章　下一站，幸福 / 075

第六章　茂陵之夏 / 080

第七章　半窗流年，许你一世长安 / 086

第八章　寒月未落，夜未央 / 091

第九章　烟波依旧汉时秋 / 096

第十章　鱼书不至，雁无踪 / 101

第十一章　青海，不是海 / 106

第十二章　乾陵无字雪有痕 / 112

第三卷 带你私奔到岁月的尽头

第一章 活着，就要幸福 / 118

第二章 春风近，冬寂冷无声 / 123

第三章 眸间晴暖有谁怜 / 129

第四章 谁将春红一点，伴你雪里红颜 / 134

第五章 蝶梦 / 139

第六章 带你私奔到岁月的尽头 / 146

第七章 撷半盏时光，叙岁月无恙 / 151

第八章 素时雪色，许你暖色倾城 / 156

第九章 孤城 / 161

第十章 薰衣草，紫色的忧郁淡淡的香 / 166

第十一章 石破天惊逗秋雨 / 175

第十二章 冬寂，冬祭 / 181

第十三章 夕阳山外山 / 186

第四卷　把最好的自己，留给最后的你

第一章　纪念那些年轻的岁月 / 196

第二章　这年的春天去年的雨 / 201

第三章　有一种思念，未必枉然 / 207

第四章　很多年前，很多年后 / 212

第五章　雪落寒梅醉芙蓉 / 217

第六章　许我，在时光之外 / 224

第七章　有一种爱，如刀 / 229

第八章　一个人的路口 / 239

第九章　梅下抚风 / 245

第十章　一念成歌 / 250

第十一章　在心的视界寻找自由的光 / 255

第一卷
愿我们被时间温柔相待

指上春红被尘水洗净,明天的花在心头含苞。眼里流动的柔波和水湄相照,爱情的九层塔上,一场西风,吹断眉弯。

第一章
指上春红

指上的团圆染上童年的软红,所有的喜色涂满岁月,桃花经历几重寒冷,那些希望被红尘研磨。将失意打回忧伤的静处,冬天的暖景在指甲上轻轻挑起,余下的光阴在炉火里添色,一块木炭燃烧出暗红的火焰。丹青留下的黄花开在马嵬坡,一只青春的画笔,再也涂不满海角天涯!

当我写下春红,林花已经落了,天气还没有冷到让我手颤抖的时候，手却在颤抖，是你指上的一抹春红，还是曾经遗忘的过去在今天提及的慌乱。青春时节画下的指甲在今天重新描上的时候，你的青梅已落，人亦袅袅。相信无数次梦里的泪流满面是因为不能成就的梦，也恨自己为什么在竹马绕床时留下童心的嬉笑，多年前的十里红妆不属于爱你的人，掀起的盖头在烛火下照亮的泪眼没有一丝欢喜，既然如此，又为何把绽放的烟花在午夜时点燃。

几生几世带着成长的祈愿望等着天长地久的皈依，六月在手中轻轻牵起，却找不到你许下的地久天长，除了人前一笑和一言难尽的托词，很多伤再无法痊愈。没人明白微笑里的等待是告别的悬崖，愿望摇摇欲坠，从眼泪擦干起，一句珍重还带着少年的怨气。脖子上的青玉贴着同样的心凉，属于你缘分的红绳却被打上了死结，再也无法解开。

所幸那块玉一直佩戴在胸口，暖了一块没有生命的冰冷，多年前的桃花林和你出嫁时的喜色一样，以至于一枚枚指甲上的软红成了单一的颜色。多少年过去了，重新拾起长梦里的春天，指甲上却不再是那年的桃花色，恩爱的寄托在双手合起时多了小巧的顽皮，左手是他，右手是你。

无意中的窥见除了一点欣慰和祝福之外，剩余的滋味再不必言说，也许这样的行为只为愉悦自己，把另一只指甲上的人用心靠在一起。很少钦佩你手巧的精工，一弯眉在多年前如弯月挂在窗外，半开的窗等不到归来的人，镂空的心一次次随月西沉。多年后再看到你手指上的红尘，目光也有了那时候温柔的娇媚。真的老了吗？纤纤十指温软，在递给一双手的满握里，坚硬的心被记忆软化。一只小小的包藏进少年的心思，风拂过多年前的裙摆，只有在多年前的巷子里等到久违的回声。

青春的性格还保留着，三月的颜色犹如花季里一场缤纷，世人难拒容相的姣好，三月桃花四月樱红都是生命的光辉。是十月来到的季节，那一双手上的小人儿没有写上名字，只用春红拓印这一天的记号。每一季路口行色匆匆，在立冬来袭之后，谁能用春天坐镇。你走后，北方的春天寄涂在指甲上，一次挑茶煮水就把温柔依偎在身边，春归何处，寂寞无行处，桃林伐尽的旧事里，那些揉碎的桃花和泪一起洗净了染垢的手，一支填色的工笔悄悄收起，那片桃林，从此就消失在视野。

如果红尘无错,那一定是孟婆指错了路,只是有些因缘在世俗的高压下错得不可收拾,听不到那年的夜半私语,太多行走的荒城外,桃花落,山盟不再,锦书何必托?

很多事一旦解开束缚,记忆的框架就很难完整,那一场恋真的很难过去,寸断的肝肠不冒出一丝血色。搜肠刮肚地设想如何留住那个春天,却不知道断指的痛让一支眉笔都不能再握。在今天看来,一场秋风把冬天勾惹之后,满眼荒芜中竟然寻到难得一见的春色,这样的天气萧条也罢,冷酷也好,藏在骨头里的颜色终于在那片树林里冒了出来。少年的果实入了时光的胃囊,怕只怕那枚桃核在心骨里长出芽,用心血来浇灌。

人生会遇到无数的人,遇一人白首是每个人都期待的结局,俗事在心尖坐床,过去的黯然销魂盘踞在指尖,用一种顽劣的表情示威。我不知道爱情最后的颜色是什么,却明白四季风雨也会浇灭理智的火苗。一碗水的讨取落下了遗恨,也不懂爱情在那个年代成立的条件,春红开在三寸之外,却有人生生地握不住一抹惊艳。

指上春红被尘水洗净,明天的花在心头含苞。眼里流动的柔波和水湄相照,爱情的九层塔上,一场西风,吹断眉弯。

第二章
那年的树下那年的你

"那些曾让你哭的事,总有一天会让你笑着讲出来",在我的理解中,不是到了三亚就不让你人觉得冷,当你在别人的记忆里安好如初,灵魂在痛苦里学会微笑。有些话不说不代表理亏,沉默更不是软弱,很多时候我们像智者一样劝慰别人,自己却傻乎乎地活着。

你是不是风中的诗,是不是那片土地上遗留的烟云?

那年的树下这年的你，秋叶已经挂红，而雪是北方的常客，对于极少见到雪的南方来说，冬天的干冷总是让人无所适从。当一丛菊花散开秋天的心，初冬的窗棂沾上了雪色的寒冷，金色的阳光潜行在暮色下，远处山林一片枫红和阳光糅合在一起，连绵季节中到来的秋色让回忆还原。

这年的冬天，青春也隐去了原色，坠入红尘的菊和那棵树还在，缘分消失在秋天的尽头，季节用独有的况味把梦唤醒之后，有些颜色是从骨子里绽放的痴情。爱情在纸上谈兵，生命的布局从青葱开始，在一朵花开始留下一路伏笔。

被爱情驯服的青春还生命以最初的颜色，身在红尘，心在世外，这样的午后看花瓣上的柔软和菊叶的灰白，五月时芊插的芽不知不觉中就具备了君子之风。一定有人不记得那年的发丝掖在耳后的青春，也忘了一身黑衣在山里红叶下停留的身影，树枝挡着你的脸，几枚树叶落在肩膀，再缓缓地飘在脚下。那样的情景和多年后的今天格格不入，冬天来了，山林也慢慢失去原有的色彩，就像生命在经历无数个春秋之后的轮回。

寻思秋天的往事，在入冬后又多了踏雪寻梅的雅兴，坠落在肩膀的树叶是一个飘走的音符。眼前枝头少了白雪覆盖的冬意，那片秋色挥之不散，顽固地盘踞在记忆的山峦，只有一朵朵花蕾在枝丫上憋着一股劲，在萧条中给人一丝期待。一树梅花是春夏遗弃的另一种景色，百花凋零后成为世人是宠儿，如果在一夜落雪的沙沙里有暗香浮动，这一树梅花作为春天的前奏，成为眼中一抹惊艳。

多少春秋都过去了，能留下的影像还是青春时相聚的快乐，那个画面在岁月中颇具抽象之意，在后来的回忆中根深蒂固。当罕见的一场雪落在江南，在公园、在庭院里，白梅、蜡梅和红梅竞相开放，尽管品种不一，却都具备一派迎风傲雪的气节。冬天的孤独寄情于这样的清丽，绽放的思念可与菊花争艳。虬枝褐色的刚硬，花瓣娇小的柔软合二为一，那样的年华在文人的笔下有多少不同的心境流淌在笔尖？而你不再是我的笔尖少年，也少了寂寞无主的伤怀，如若你生命的清绝留在暗香浮动的夜，这株梅花从你遗落的青春里零落成泥，和秋天走过唐风宋雨，在时空里兜转。

寒意渐浓，落叶潇潇，两盏淡酒堪抵晚来风急，被风吹过的记忆颠覆了执拗的尊严，放下内心可怜的自尊把过去轻轻挽起。独白的梦寐说与一人听，同醉里的歌沾满豪情，春风破开枝干，重新萌发春天的绿叶。眉峰下的眼波传递出御寒的温暖，在季节的末端理顺凌乱的发丝。

就在冬天，我们找到秋天采集的落叶，曾经坚持的痴妄一次次被风嗤笑之后，你在北方的山林织锦。太多的话还没有来得及说，依然保留在开满红叶的小树下，一双眼神盯着蜷伏的秋草姿势，芦花是红叶间最好的留白，当那棵乌桕树被砍伐之后，孤零零的梅树露出了绝望的眼神。如果自然界难以躲避的宿命被人为地践踏，告别时的一句叮咛从记忆的缺口漏失，担心有缘无分的预言一语成谶。

谁也不需要给谁填充寂寞，说过的话、走过的路只有自己铭记，坚信轻言则寡诺这句名言。誓言再也开不出春天的花，当我在这个秋天找不到熟悉的脚印，也只能在霜天月色下找回自己的影子。带着遗憾走在山道上，那时候的霜留在今天的鬓角，乌桕树上手温荡然无存，时间偷走的心魂沾附在枝干上，我们和树的年轮一起长大之后，却再也回不到从前。

一个季节就是一生，残缺的幸福如同破漏的行囊，早已装不下此情不渝的词句。从荒芜的季节走进冬天，风声、雨声鼓动春潮，我用一棵草的姿势行走，那年的树下再也不会给自己找到歇脚的借口。

第三章

冬日樱树红

人们看惯了四月的樱花,很少顾及萧索的冬天一树樱红,那是别样的美丽,一片片树叶和褐色的枝丫在寒风中迎风摇摆。它是另一种景色,即使没有春天的娇媚,也展示生季节中生命的本真,这像极了人生从青春到中年,它从活力四射的光芒中走出来,一直等到来年的绽放。锯齿形的叶片、晚秋里的寒霜,甚至远山衬托出来的苍阔都昭示别样的沧桑,对蓝天微笑,等冬雪茫茫。

从潭柘寺离开的四月，那些缤纷五彩的锦绣送我走向夏天，昆明湖柳树细嫩的芽长成夏天的丰盈，而在送行的身后你却用目光丈量走后的距离。在京西后来的秋天，一树红叶压住了夏天的势头，而卧佛寺的清凉只属于七月休闲的等候。那时候眼中的世界除了一片葱郁就是繁花似锦，我们从没有想过在冬天的潭柘寺那树樱红用另一番姿容告别，很多日子里，徜徉在树下一片红叶做成的书签倒是满足了少年的浪漫，却不能用指尖拈起碎叶拼凑青春描画的前景。

数着落红的春夏，长长的睫眉是不是已经被风吹得稀疏，也失去了那时候应有的风情，冬天的樱树叶远不如四月那般姣好，也无法绽放夏天生命的活力。京城慢慢远了，在故都的秋里寻觅民国的故事，月光冷冷照亮的胡同和四合院，即使话语中的京味浓了点，你嘶哑的告别里还是多了青春彷徨的惊慌。在南下的路上，目光扫过你身后的寺院，给你长忆常安的抚慰。

还是期待多些抿唇的笑意，漂泊的煎熬和红尘苦海都需要自己走出来，四月里一杯绿茶袒露一壶心迹，挂满的花苞都是岁月中温暖的供养。春天走后的眉梢上依然挂着相逢的笑，在行走的艰难中滋润乡愁，一直陪伴你走过生命的沿途，冬雪春寒里的景随着朝代的沧桑保留原始的味道。极喜欢那时候在郁达夫书中领略的秋，一次次在折返的路上频说四月里贪吃的容相。人，总是希望在岁月中不见垂老，风华依旧长存，而梦想种下的蛊让每个人奔波的脚步除了坚定似乎别无选择，偶尔有亲人来伴，樱树上摇落的红叶与秋歌醉卧在北方的那场雪中。

  遗忘的冬就留在江南，薄薄的霜为欺冬的矫情引来了南下的寒流，当这场雪在北方肆虐的时候，光秃秃的树梢凝结了遥望的沉默。是盼着春风还是等着含苞欲放倒也不必言说，我们在身后听到北方的风和时间一样追赶着人生，一片片绛红的叶在风中猎猎作响，这一切，跟春风的来与不来暂且无关。冬夜的炉火前翻出书中那枚红叶，是谁的表情用怀念的沉寂追忆过往的故事，北平那座寺外的灯光下已经不见旧时人。瓦檐上的霜被阳光融化后，你从子夜到黎明把玩的红叶静静地躺在枕边，春日的盛景在笑声里消失，来来去去的路上用阳光铺路，心绪走出不能抵达的远方。或者我们都听到誓言里的余音，用生生世世的相伴度过多难的红尘。

一个转身就多了沧桑的心怜，在年年走过的征途上，一场风掩盖了卑微的心声，众多寺庙里祈愿的虔诚感动过旁观的人，对明天祈求的话深深藏在心底。相遇的贫瘠被繁华加身，却最终也难逃一场轮回的定义，我们没有听从宿命的安排，从此带走了各自的幸福，背对城里一盏盏烟火，只有那树樱红用凋零的姿态送走曾经的记忆。

人远了，天涯就存在，学会安慰自己，不管是江南还是塞北，在后来每一条路上身经的季节学会用一双手按住挥别的衣袖。如果回忆被强行留滞在最美的时光，无论是冬天还是春夏，信念里注满坚强的理由，为那些无皱的青春里牵手的温暖，再次相握走一回燕都幽州。

北平寄托的寓意在今天看来一直有效，北方太平，天下无忧，天子戍边地，这王朝倒成了爱情的城堡下可圈的领地。霜影扶疏的月下，一片缤纷的落叶可与香山媲美，因为在那年的枝丫上，我留下过许诺的今生。

挽起时光里的手，在寒冷的景观等一场流年花事，所有的脉络勾画成梦想的图腾，一棵树用思念的姿态还在生长。等到春风又绿江南岸，柔情氤氲在烟波之外，深院里的一树樱花再次开成四月的模样。

第四章
你的故事，我的梦

在冬天的咸阳湖边看萧索的景致，一片残荷流露出生命的表情。

七月的夏，走过你青春的样子，秋染古城，爬墙虎的枝条悬挂窗外，匍匐在青瓦上的叶片被霜打的嫣红，芦苇拥挤在风中，不知名的鸟儿跃过芦花，隐入芦苇荡深处。野渡无人，谁也看不到谁的踪影，一切的荒茫平铺在各自的角落，所有的生机潜伏在枯败的景色中。

很少在冬天出门，从前走过的北方是秋天一步跨进冬天的匆忙，你的故事是城市里温暖的等候。从古城的初雪里出走，沃野银装覆盖茫茫旷野，冻硬的柿子被觅食的鸟啄得残缺不全，千山飞雪，寒江如练，停泊在岸边的船也少了游人的争渡。龙华寺庙宇的围墙挡不住那年风雪交加，从渭城区到龙岩村，一路上颠簸的大巴艰难地爬着，那样的车速我只能用爬来形容。车内没有暖气，村子前几百年一颗老柿子树竟然还有几个鲜红的柿子挂在树梢上，这座建于贞元十五年的寺庙厚实的围墙在当时坚若城墙，可见当时香火之盛旺，只是经历世事的变迁这座寺庙修葺后不再有盛唐的气势，善男信女再来进香时，时间已经过去了千年。

或者每个人对故乡的热爱在向别人介绍时总是有夸大其词的心理，甚至在你的日志里也记录"先有安国、后有咸阳"的民谣，咸阳古渡上的桥早已不在，次年去法门寺，才知道盛唐延续的香火在这里鼎盛。

那次远行隔了两个季节，从春天的慈恩寺到晚冬的乾陵，安国寺外我没有见到想看到的历史。那个村落离咸阳几十公里，我也无法想象其恢宏的壮观如何在历史的长河中默默无语,当年从礼泉和泾阳赶来的香客燃起的烟火也就随风散了。我只是一个路人,几声唏嘘也惊醒不了沉睡的梦,彬县的大佛寺又因为太远,只能作罢。

在咸阳的日子,曾经仔细查阅过彬县这座城池的历史,这是古丝绸之路的要塞,大佛石窟便成为关中胜景。关于其中细节不敢再去深究,怕自己管不住的脚忘了囊中羞涩,只能把计划列入未来的日程。未来是什么?离开咸阳后,到现在也无法给未来定调,所有的遗憾留在这个冬天,把有关于大佛寺的图片保存下来,却镶嵌不进自己停留的身影。

记忆和时间一起翻过,漫漫历史长河中,林立的庙宇和高耸的塔就这样包围着我。欣慰的是七月的法门寺不再是失望的回归,从茂陵一直随行的影子驱赶了旅途的孤寂,一瓶西凤酒穿喉而下,那样的豪情倒也吓坏了同行的你。

你的故事永远留在我的城,回忆也在趁人不备时跃然而出。过不了多久,会有一场雪在今年的冬天落下,是不是有人在寒冷的天气里,想起那一年牵手的温度……

第五章

冬天的火焰

这个冬天和四月有很多相似之处,只是旷野中的火苗在熄灭后被风旋成白色的纸蝶,冬至的祭奠也不仅仅是对于逝者的缅怀。它与春天也相隔甚远,冬至的饺子夏至面留在记忆中,以至于午间的一份米饭像一粒粒雪花的冻结。

久远的记忆是单薄的,也没人问及冬至后的心境如何回暖,站在湖边,和不远处的残荷相比,一场雪后最早吐出芬芳的还是那株红梅，如雪野上一朵朵跳跃的火焰。走在乡村路上，思绪却回到那年的北方，银装素裹下的城市和街道行人寥寥，而公园里的人却渐渐多了起来。送走晚秋也送走了你，故事里的风霜落在告别的肩上，荷塘继续做着夏天的梦，被打碎的残叶遥望彼岸的风景，那一场离别跨越整个秋天，比任何时候都漫长。

自从那年离开故乡，没有人陪我这一程的笑闹相伴，从秋天走到岁尾，共望星河的夜晚，只见月圆了又缺。旧时的祈愿在后来成真，只有时间数尽的花开花谢在冷暖时独自兜转。其实时间打不垮信念中的顽强，故事里的风霜在今天开成霜花，我们彼此在天涯的两端执掌各自的天下，用目光追随行走的路程。

曾经惧怕在告别之后改变前行的方向，从此属于生命另一种风景，我只遵守红尘的约定，把独守的异乡描摹成遥望的画面。在冷暖的界域相望，这场欲来的雪压低了天幕，红色的羽绒服飘过古老的小桥，站在朱红的小亭下，我们想起未曾见面的岁月经历的往事。那年腊月为故园内一株梅红应约而来，远远的身影在走入视野的瞬间便有温暖的涌起，才相信你是我徜徉一生的风景。雪，落在眉梢润了眼角，远处的梅枝上点燃冬天的火焰，澄澈的眼神在相视中袒露无伪的真诚，一粒雪花晶莹可爱，凝望那天同有的画面。

谁也不是红尘的弃儿，人生能抗拒寒冷的侵袭，也就承受得住阳光的照耀。相遇的时光有过太多的诗意，放飞纸鸢的线如今紧紧握在手里。青春的骊歌奏响后，总会有告别的身影拉长回首的距离，你沿着江南蜿蜒的小巷走向堆砌的城堡，伸出的手从此不愿缩回。石板铺成的路面延伸在目光的尽头，等巷口踏响的脚步重逢在夜晚的灯火。把青春和终老的心愿一起交到宽厚的手掌，在霸道的拥抱中，所有细碎的语言都是怨怼后的讨宠。

多年前嫁娶的场面改编成相思的戏码，那个红衣长发女子打点属于未来的江山，并不觉得分离的亏欠就能淡忘相许的诺言。红灯笼挂在灰色屋檐下，竟然没有落下沉淀的灰尘，从冬天到来的那一刻起，你用拒寒的冬衣守护内心的温暖，也在独行的雪地避开俗世的惊扰。无论是遇见的起始和告别的秋天，纷纷黄叶和飘落的雪夜覆盖不了走过的痕迹。

奢望在冬至后并肩赏梅，在没有你城市的夜晚，每一盏灯火都是家的象征，故乡的城市有小小的院落，也有夏天湖面上粉红的荷亭亭玉立。一场苦霜之后，岁末回家的路上便有梅花来引路，几句深藏在心底的约定在念起的时候，红晕就染在梅朵上。四季寒凉中，天涯不再是相隔的屏障，尽管在任性的骄纵时埋怨过离开后的孤寂，却还是在回转的路口等待风尘满身的爱人。

牵手的呢喃像一部影视里常见的情节，极喜欢那条梅红色的围巾，在白雪皑皑的世界衬映一树老梅，点燃冬天的火焰。红尘的挣扎中，初雪般的笑靥定格在相遇的画面，一身梅骨支撑着孤冷的岁月。素洁的心不染尘埃，无论风雪恣意横行，你如梅花独放忘却了一季寂寥，给荒芜和苍茫点亮惊心醒目的艳。

其实，人就应该这样活着，无论在什么时候都要活得轰轰烈烈，寂寞的毒自己来解。岁月的路上走过青春和少年，中年的风景绝不是日暮乡关何处是的迷茫，当一根白发背叛了青春，很多含笑的眼泪还能滋润面容的苍老。回忆卷土重来，在繁华中收心，平凡的你终究低眉在世俗的烟火中，那些气宇轩昂和鲜衣怒马在时间面前慢慢收起，所有喧嚣都归于平常，放下一颗逐利的心。

在冬天里回归，游子的脚步从寒风浅雪里一步步走近，走进那盏挂着灯笼的小巷。所幸的是秋冬转角处我们殊途同归，如同北风下的梅树，散发清冽之气，抖落肩上的碎雪。

　　风雪肆虐的季节中，有这样一个风雪归人从秋水渡船上走来，为四月的约定依靠彼此单薄而孤傲的灵魂，即使壮志未酬，都会在生命轮回的季节中，走过千山暮雪，相伴素年锦时。

第六章
愿我们被时间温柔相待

爱情和欲望都是狩猎的动物，能判断一切的，是自己的心，很多梦想和爱是在这个世界活下去的理由，而实现梦想的途中，请原谅我的一生放荡不羁地追求自由。

关于你的一切，在跋涉的岁月中如同隔着天涯，而青春总是经不起时光的消磨，梦想在坎途中搁浅之时，半途而废的理由是有人不能在孤冷的时候送上温暖的手。人生有很多自顾无暇的尴尬，苦涩的解释往往又成了笨拙的笑话，在季节中消寒，春夏之余躲在角落的里除了祝福似乎没有其他可以言说的暖语。那时，内心念及的地方不敢再说少年时冲动的表白，爱情和岁月慢慢沉寂，直到有一天有了相见的资质，爱情书简上留下的空白才在今天画押。

不曾言爱的季节时间在无情地兜转，就像漂泊者的脚步惊扰不了陌生人的目光。岁月是无情的裁判，真假和猜忌都被无情地裁决：有人在梦想的路上风雨兼程，也有人在梦想的殿堂长睡不醒。当我们在生命的路上遇见一季花开，一树嫣红也引诱这世间稀薄的缘分，多半的矫情是红尘的本色，也导致一颗不安分的心在路过的季节停下徘徊的脚步，直到花红凋落，心壁上刻录的誓言警醒誓言的守望，尽管他乡日月好，怎及少年情。

感谢时间带走的忧伤，我们走离的青春在梦想的指引下还屹立在天涯的终端，命运让人失去的美好也并不是断壁残垣，有些完整却需要用心来弥补。如果今生失去高堂同拜和互相叩首的良辰，愿意守着相同的缘分，在下一站依然并肩。

老死不相忘和白首之志在一条路上，异乡漂泊的身躯偶尔在寒凉时受伤，温暖是共同的需求，也期待思念的墙不在暴雪中坍塌。多年前的小兴安岭下，在伐木工人蜗居的木屋里，青春的灯盏在闪忽，我借居在 4 月的东北，一场大雪压垮了小小的窝棚，从木屋的缝隙中爬出来看着天地苍茫的景观，竟然没有感觉到丝毫惧怕。当春天真正来到边陲，离开的林海雪原在今天也是遥不可及的天涯，只是在辞别的念想中，曾经的远方留下的艰难成为后来戏说的故事，而那样的故事里，梦想刚刚发芽。

仔细想来，很多相遇和告别都成为心中难言的苦楚，包括离开故乡时一双双幽怨的眼神，私自认定的目标很难被亲人认可，到如今谁又能懂得不孜的追求究竟为了成全谁的幸福。太多的经历都化为故事里的平常，只希望那时的你还在梦想的回廊给我相见的希望，行走的笑声里无人看到背后的隐泣，故乡守望的净土你把时光沏入一盏茶汤，吹去茶烟上的氤氲，却不敢面视茶水中倒映的容颜。浅酌细品的人生是独自镇守的红尘，一封家书里呢喃的问候像极了画外音，留下一段空洞的旁白。

独自生凉的夜，年轮和春秋一起走过，他乡的身影抱守着信念温暖思乡的情结，在这样的日子里，那座心城被理想描绘，就像童话里的宫殿。倾城之恋是自始至终的期待，很多无法预约的归期成了一次次失信的自嘲，漫长的等待里守着誓言，直到沧桑爬上额头，却希望我们被世界温暖地爱过。

　　对于爱情而言，理想和梦想似乎和幸福相隔太远，有的人放弃了初心，导致一生中碌碌无为。从东北回来后转身南下，青春已经留置在北方的土地，如果青春不散场，我们有很多理由消费人生。当南国的热浪温暖这个冬天，很多旧事从时间深处探出头来，窥视走过的路，小桥流水，椰风海浪，甚至黄土高原上腰鼓都是沉睡的号角。独行的路被脚步叠加，原来人生很多路都温柔有加，有一扇窗是行程的终点，一株丁香树仿佛游子生命中最显著的记号。不问来去，不问归程，就像梦想伊始的开端谁也不知道成功的把握，只是在回头的瞬间，一些欢喜在目光里打转，目光与喷薄而出的朝阳开始相撞。

　　细碎而笼统的思绪阻隔了千山万水，在太多艰难的日子里肋骨下生出的刺痛都是一个人承担，世界上每一个今天都成为明天，我们总是忘记了有那么一个春天的开始。花开在你的城，春雨冲刷了走过的足迹，重新回到叫作天涯的地方，我的怀中已经揣满了夏天的希望。

逃离这个冬天，崖州烟雨在东坡的一首词里散去，千年前被贬谪的他醉不成欢，只是写下的诗词营造了天涯的氛围。在地图的南端想着这些年走过的路，有的忧伤也无人陪伴，这片海终究是难于平静的天空，浪花也不能代替那场迟暮的春，欣慰的是幸福始终贴在怀抱，于骨子里滋生一种供暖的热气。灵魂的伴行在你和大自然中相辅相成，晚霞下的心被海水染红，伸手握住的满掌柔情在你的故乡安放，风，带来一个奔跑的身影……

在不能团聚的午夜梦开始扩展，近乎强行的携带着记忆和那些年的青春，这样的冬天里围炉煮酒，黑暗中火苗燃烧的情愫噼啪作响。太多的记忆被压缩在一壶酒中，通往小巷的街道走来羸弱的你，如果生命可以涅槃，今夜的这场梦里你会不会记得那年说过的一句话：

晚来天欲雪，能饮一杯无？

第七章

转身，遇到冬

　　谁将雪花一片，飘成万朵梨花，春令的期待在风雪里成形，从秋天里出走，转身遇到冬，内心潜伏的春天一直蠢蠢欲动。雪花的碎片从发梢滑落，十月林花秋叶在雪藏后小心翼翼，那时在五陵原外独自行走，也多了乐不思蜀的忘忧。

　　你那里下雪了吧，北方的冬总是来得气势汹汹，曾经明媚的眼神缄默成城，多年的纯情被四季掠夺。此时的银装素裹在今夜飘成春天的光景，一支烛光的暖色形成银屏冷照的萧凉，唯有四月梨花开在故乡的田头。如果爱情是甜蜜，怎么会有那么多忧伤，雪夜里坚守的一纸诺言是四月的契约，行途摸索的路径被苍茫覆盖之后，冰凉的手掌是否摸到北方的暖？

就在那个那个冬天，伸手迎接的快乐告别时无力放下，只有今天的睫毛挂上冷冷的冰花。这一季是冬妆的晚成，高原上出土的铜镜打磨后映出你那年的模样，也在镜子里看到旧事前尘。那年的你雪颜轻俏，红色的衣抵御酷酷的寒，领子内的一双同心结封闭冬风的侵袭，行走之间若梨花盈盈。清楚地记得那日郊外的情景，几人在徜徉的荒野寻找避风的去处，我们看不到春天用潜行的姿态隐含在枯木里的笑容，只有一片银色的世界多了几串跨越的脚印，很少有人知道对这串脚印多了重叠的愿望。在羽化的雪片里点翠春光，如果错失的青春有一朵梅花从指尖上盛开，思念已经越过王陵外高高的墙，在应约而来的期待里了结尘缘。

那日的雪不大不小，也不急不缓，茂陵的偏殿成了唯一躲雪的屏障，积雪覆盖黄色的土地，厚积的枯叶下冒出春天的萌芽。几个人端着相机捕捉空茫的天空，却听不到这场雪冷后春天缀行的脚步，你像安静的孩子从十月伴行到今天，秋衣在季风变冷后换上了火红的颜色。那是你摘下的枫红，筋脉上延伸着未曾吐露的心事，捧着相机四处盼顾，在凝视的眼睛里看到一条紫纱巾欲飞的姿态。秋天的景观早已托起一怀情愫，摘取的叶片你已经写上了熟悉的名字，一只莲花簪在你的青丝上绽放，那年咸阳湖的莲花就开在少年的湖畔。

关于莲花，故乡有千种同植在湖畔，很多叫不出名字，庆幸的是多年后那朵莲花在时光里永不凋色，一枚枫叶一朵雪花无骨可循，而内心埋下千年的愿就寄生在一泊湖水之上。圆圆的耳环在行走间叮咚地发声，錾刻的图案是簪子上一生佩戴的图腾，岁月光华簇拥你的从容端庄，只用许下的诺言守护灿笑的流年。

那一日，茂陵雪松下相眷的手被目光牵引，在指尖够得上的距离掀开隐藏半世的秘密，漫天初雪成全过再遇的温暖，希望在今年的冬季转身相遇。一袭红衣在雪地里行走的娇俏，雪里红梅和你如约而至，素净的角落看一树梅开，许你花香成重，伴一盏红烛醉了相思的雪季。

独守红尘三千，曾经共走在荒原上的人早已各奔东西，夜雨敲窗的夜留下无尽的等待。念起十月告别的语言，新生的白发伴着遥遥相望的无眠，在称之为东方金字塔的渭河北岸，请容许我独上兰舟涉水千里。如若你懂，我会沿着过往的足迹应你相邀的诚意，不再让清绝的美丽在季节中徘徊，雪舞的冬天，旧事难忘情未了，一纸相思辗转成午夜的天籁。看罢枝头洁白的飘逸，稀落的梅花诉说严寒的忧伤，有人用温柔的眼神点燃春光。草木逢春，春雷阵阵吵醒冬眠里的雪怡，只记得约定的含羞和无助的眼神，期待时间慢慢为情解惑。

"大雪"即将来临，还有相似的瑞雪迎接新年，如果那时候一场暮雪在心头落上枷锁，只能用目光穿透重门。雪烟里的心思被春光贩卖，一点梅花弥补了季节的裂痕，在某个夜里启动的点播键传出班得瑞的《雪》，关于后来的故事没有终止。如果你在聆听，掌心捧起薄薄的一片雪花就是一场雨的魅惑，潮湿的手心攥紧柔情，期待又一场不期而遇，在新年后成行。

于季节的转角处等你，守一个片段陷入残酷的绝恋，久远的梦成为真实，那个冬天隔了谁的季节，北方的高原又属于谁的风景？只是在一条无法超越的水平线上，昨天，在死亡的轮回遁形！

第八章

家有"长发"

"为了这场异地的爱情,我等了你三十年"。辉儿说完这句话的时候,长发遮盖了羞涩的表情。

林风无法想象当年辉儿黄色的长发披在少年的肩头是什么模样,江南小镇初见的夏天,相遇的青春预设过白头偕老的念想。离开的日子,重逢时唯一不同的是一头乌发如瀑布悬挂,一次次把相见的理由说遍。江南深处存着一个人的记忆和喜好,她那时没有勇气告诉林风,简单的喜欢成为那次在图书馆内相识一笑的好感。军人那个名词是暗恋中不能散去的味道,少女的憧憬和期盼大于尘世间的花红柳绿,内心清浅的情愫成为一句话的沉淀,那时候,辉儿没有表露。

再见时已是冬天,厚厚的棉衣包裹丰满的身体,三年的时间连她的头发都不再灰黄,一串糖葫芦拿在手里,说着这几年交往的心情。相思酝酿在变换的季节,寂冷和阳光的角力如同青春萌发的情愫给了谋爱的勇气,独守的屋子避开喧嚣,以至于父母每次的念叨年龄不小的时候辉儿总是低头沉默。在温暖的室内她总是想着在军营中拉练的他有披星戴月的风雨兼程,直到一张复员证把他送回家乡,那时候的辉儿才有点张皇失措。

听说他复员的消息辉儿急速跑回家,却想不出用何种方式保持以后的联络,端起一杯凉茶一饮而尽。拿起电话拨打营区的总台,对着话筒却打不进营部的内线。很多往来中她讨要过联系方式却没有真正通过话,这慌张的时候想告诉他的心事却因为一墙之隔,连告别的机会都抹杀在远去的背影中。

林风带着失望的眼神离开生活几年的营房,看一眼熟悉的街道，十一月的风吹断相思的叶。他不知道那年的雨打湿辉儿追送的秋衣，也看不到长发贴着湿漉漉的额头，军营的大门再也看不到徘徊等待的人，无数次想象的画面如一场梦附在黑夜的枕边。远去的夏天一只蛋筒融化在记忆的阳光下，只是以后的日子再也没有旧时的味道，无依无靠的想念在岁月中发酵，慢慢酝酿成千里寻觅爱情的果敢。

其实林风也一样，在离开那座城市的瞬间回头张望，却没有看到奔跑在小巷中的辉儿一脸泪雨。一直嗤笑她爱吃甜食的无忌，绝不会怕她营养过剩身体发胖，三年中她的头发不再是以前那样短，月眉下的眼睛有了湖水般的澄澈。时间是一双魔术手，一个丑小鸭般的姑娘在几年间就像出水芙蓉，过去的嬉笑带着温软调侃的味道，也掩藏过心中萌发的希望：如果可以，在采莲的七月泛舟；如果可以，在江南水乡撑起一把回家的伞……积攒的心事一旦无法被理智控制，他终于在等待分配的前夕去了服役的城市。

学院高大的门前，那个春天林风带上了她最爱吃的桂花栗子，放学的铃声在院内想起，夹在人群里的辉儿几乎不敢相信自己的眼睛。那是他吗？脱下军装后的林风竟然多了别样的潇洒，不曾失去的腼腆在春风里多了高大的感觉。无数封没有寄出的信只能和最好的同学分享，以至于闺密都笑话她：既然如此痴狂不如去找他。但是学业让她抑制了强烈的念头，等到暑假毕业时，在相伴的季节可以陪他到任何一个地方。怔怔地望着，慢慢走近，一个娇躯在林风没晃过神的时候已经满怀，手中的纸袋撒落了褐色的栗子。宽厚的怀抱里，辉儿看到了一张相伴一世的笑容，抚慰她焦灼和等待后的憔悴。

那年的朝花节辉儿和他一起度过，骨子里坚韧的女孩重逢后不会再松开等待多年的手。经历的煎熬都是他们后来共同的纪念，绝没想到从爱情到婚姻的路上彼此要面临多少坎坷艰难。西湖烟火升起的夜晚，十指穿过她长发的夜晚，她成了他的新娘。

相遇相爱的日子，还有很多不能言说的故事，两地分居和语言的差异阻碍过有效的沟通，导致一些俗世里常见的矛盾。几年间，辉儿的长发剪了又长，在女儿的牙牙学语中他却浪迹天涯。谋生的艰难打破浪漫的存在，笨拙的手也打理不完每日的柴米油盐酱醋茶，激情被时间销蚀，盘起的长发隐藏所有的艰难。有些表情笑到疏离和沉默，在面对一封封家书时把黑白的字笺看成红尘的棋局。掂量每一个字里的情绪，辉儿把心思遣送到他流浪的城市，在斗转星移的时空里，仰望的星座还在银河外闪烁。

挑灯循迹，青春的纸页写下的日记铭记着最初的美好，一条走过的回廊还是灯火辉煌的绚丽。高楼林立的城市，一袭行走的苍衣披在林风的身上，屋檐下悬挂的灯笼等除夕时点亮，那样的灯火如黑暗中的坐标，只有星子眨着无辜的眼说着内心的期盼。多少年了，一根白发断落在枕巾，子夜相拥的梦里，林风不再离开温暖的家，那座青瓦白墙的院落有喜烛的铺红，小巷的植株也伴着孩子一起长大，很多离别的日子，泪珠已经洒成江南的红豆，所有的旅途都是归乡的期待。将进酒时，散开的长发沾满温烫的女儿红。

新年将至，一夜北风洗涤离别的风尘，梅枝上的花苞少了离别时的隐泣之血，辉儿用一坛黄酒迎接--岁团圆。将进酒时，目光烫沸冬天的夜，半坛女儿红穿过喉咙流入血脉。长发遮不住岁月的妩媚，那一年在杭州说过的话在辉儿的嘴边再次说起，林风再也没有平日的淡定。

待我长发及腰，与你白头偕老……

第九章
走过的路,是心的旅程

摇曳在笔尖的思绪落在素笺,今夜的月色洒了一地清辉,枝头上最浓的一抹胭脂色在月下暗淡。目光穿透千年的银光,端坐在临水的窗口,几尾不安分的鱼时而漾起一圈涟漪,暗香从风中飘来,冬日的荒芜离我们越来越远。也许就在这个春光抵达的前夜,我会沿着月光走向月圆,你的身影倚着雕花的门楣等着归来的身影。凝眸处,月华不冷,转身时,已是姹紫嫣红。

昨夜的霜被月色融化，如果流过的泪是爱的证明，那么走过的路就是心的旅程。

孔明灯在夜空升起，给这个夜晚带来别样的美丽，那双手不再是你，许过的愿在天空袅袅。有些话已不适合在今天说起，曾经的痴妄恰好被分离淡却，向时间屈服，却不愿向季节低头，该走的路上依旧风雨兼程。少年的天真沉淀到成熟，冷暖纷杂的红尘我们依然选择了善良，如果那时的回避让你嗤笑成软弱，到今春枝头挂红的春重新点缀出青春的热烈。不久之后，窗外空气撇去了尘香，秋冬冷萧的荒凉且做成长的纪念。

你不懂，倒也不怪，就像干渴的行人怎能品出一盏茶的浓淡，对于决绝的离开无须挽留，我们在红尘中对弈，只需要一个懂字。棋逢对手，输赢已定，时间就这样匆匆而过，当一颗心静坐在清风冷月下，过眼云烟也只是岁月变更后的凝眸一笑。那年的巷口你背着沉重的行囊在黎明前潜行，我却在奢望的梦里一醉不醒。人去楼空物是人非，只能怀念娇小的背影一路蹒跚的血泪洒在蜿蜒的渡口。真情被踢出了相遇的门，消逝的青春无法复制，那是七月盛夏，落花后的丁香早被阳光褪去了花瓣，我不知道你走的路上容颜是否如蔫了的树叶失去原有的水分。青春的懦弱成了在季节面前不敢担当的逃避，如果那时我们都懂得生命成长的坎坷，你给一份温柔，便可以不必承受那些长久的折磨。

各自离开生养的土地，却难以抛弃寻你的念头，春秋更替，草木枯荣，这一走就是整整十年。十年间你还散发着春草的气息和梅的暗香，江南塞北的驿站可曾听见嘶哑的呐喊。人在少年时很难懂得分离的绝苦，山盟海誓也失去了原有的意味，如果无数甘苦换来后来的幸福，岁月给我们的一路艰难坚韧了等待的执着，当我们今天默认无言的结局，才明白有些分离可以让沸腾的热血变得冷静。那时，盛泽小镇的流水润泽不了生命的荒芜，时间如刀，行走的苦难也考验这追寻的希望，如果换作今天，那时的无声离去我一定会当作一个不大不小的玩笑，倒也不用散去千金追逐你万里天涯。共同经历的痛抚平分离的不甘，从爱情旅途上经过的每个人谁没有一腔热血洒在路上，最后说一句不见不散。

你终究没有走散，在春光到来的时节告别异乡的漂泊，那年的江南你笑我的懵懂，说的话带着三分痴情让你巧笑连连。雨后初晴到雪后初霁，一条信息越过长江两岸，坐上时光的末班车，手中清茶捧来了龙井的香。杯中映着盈盈的身影，温婉的笑容令人恍惚，我怀疑那是多年前记忆的重现，清晰的声音带着多年前柔婉的语调。没有嗔怨，没有指责，只是两行清泪洗去的容颜流下不堪言的伤痛，在执手时间一声别来无恙。

世间尘缘总带着颠簸与艰难，含着眼泪的笑容充斥烟火的味道。几千年来，爱情留存在红尘众生，某一段季节流放在爱情里正好，些许忽悲忽喜的情绪感染过天长地久的愿，两颗心却容不得俗世的手挑挑拣拣。在"雨水"到来前的这个深夜，忽然想和你说起从前的日子，那些分离和等待是不是抵御过绝望的寒冷，在内心柔软的地方划一处围城等待归来的人！

时间成全过一切，无论有情还是无情，当我们真正懂得长大的况味，就明白人生需要跋涉，生命经过蒸烤才会有今天快乐的含笑。这样的日子落花无言，十年中，相思没有被时间断裂，身处凡尘的你我从落雪等到花开，抱守的倔强和生死与共捆绑，用一生的爱填满彼此的空间。守着红尘的道场，客居的异乡太多的磨难今天再次说起的时候倒也坦然，唯一不同的是，柔弱的你在走过千山万水后用什么力量支撑今天的梦想,如果今天陪你走在身边的人不是我,重逢时的握手寒暄会不会带着尴尬的表情?其实世间没有如果,人生最大的悲哀不是不爱,是不知道如何去爱,爱是一把双刃剑,可以成全,也可以毁灭。

我们还是选择了成全,尽管经历的悲伤和坎坷犹豫过回首的眼神,但我知道那时许下的诺言里包容过分合离散后的横眉冷对。相思的痛啃噬着灵魂,在背对的远方,那些牵绊有挥之不去的心怜,也有恨铁不成钢的冷淡。如果不离开,那就常相伴,情可以乱世,恨才能伤人,缘分的天空下,我们都希望彼此都成为最好的人,祛除生命中的杂质,让生命熠熠生辉!

第十章
迎春

迎春,她是四月的花名,也是靠近虎林附近的一个小站,到"东方红"后,第一次知道有这个名字,因为费用的算计,我极力地想找最便宜的地方把调运的木材装车,于是我们在迎春车站附近住了下来。

东方红,这是我儿时唱的歌名,而此时的她却是中国最东边的陆地林场。第一个晚上到东方红宾馆后已是四月,当灿烂的阳光刺疼我的眼睛的时候，我惊讶地坐了起来。那是睡眠不足后眼睛的涩疼，看看表才凌晨三点多，朋友后来才和我说这是中国见到太阳最早升起的地方，也是"东方红"的由来。

美丽的完达山一片葱茏，乌苏里江在开江后，一个真正的春天来到了北国。"四山一水四分田，半分芦苇半草原"，朋友说；春天的东方红会让你真正地爱上这个地方。多年后，记忆中留下的北国印象陪伴我走过半生的风雨，关于"迎春"，关于那片土地上的一切都勾起我深深的怀恋。乌苏里船歌的嘹亮随着春天的旋律在江水中流淌。那时候随着时间的推移，除了和林业局的客户熟识之外，他们的亲人和朋友也慢慢走进了我的生活。

朋友在林业局上班，自己也开了一家宾馆，直到有一天他们夫妻俩和他叫"迎春"妹妹陪我们在酒店聊天，看着我在洗漱间里洗衣服时迎春忽然说："哥，你看看你，人家大老远地从南方来做生意，把他们丢在宾馆多不合适啊，咱家不是有现成的房子吗？让他们去家里住，房钱又便宜，也不用大哥自己洗衣服了呗！"

我看不到迎春长发遮颜的脸上是什么表情，阳光洒在她的身上折射出青春的活力。迎春抢下我手中正在拧水的衣服的时候，朋友看了看我憨厚地笑了笑："兄弟，和你直说，看你们自己住在外面干啥都不方便的，我和你嫂子商议了一下，想请你们去我的小旅馆住，你们先看看，如果委屈了，你们再回来行不？"

我还能说什么呢？中午吃饭后，迎春和她嫂子已经把我和同事的房间安排好了。这是一个向阳的二楼，我们住的地方看起来是刚刚装修不久的，一个大炕在三十平米的房间内显得那么惹眼，清一色的松木板铺在地面漆得油光锃亮、衣橱、卫生间一应俱全，和宾馆比起来有过之而无不及。我再次体会到东北人的热情和朋友的苦心，而每晚的房价只是宾馆的一半。看着我们满意的笑容，他们都笑了，可我知道，这几年在东北的生涯，我和他们会像一家人似的一起的生活，去工作。

进了几次林子，是冬天无法想象的快乐，一直期待着春临北国，去记忆中搜索"棒打狍子瓢舀鱼，野鸡飞进饭锅里"的那种神秘和期待。北大荒的沼泽地在我少时的梦里不再是苦寒之地，那个午后的阳光灿烂的如同心情一样明媚，来了虎林近两月，出去看看的念头特别强烈。朋友说：我们去湿地溜达溜达吧。

　　走在阳光下,一行三人的后面却多了个尾巴,踏进吉普车的时候,迎春快速地钻进车里,一个袋子里不知道装的是什么。启动车子朋友无奈地笑了,而我的心早驰骋在神秘的湿地风光中。草木萌发的春天啊,四野已经有惹眼的绿,在这个季节,东北已经开始种麦子了,积雪化成潺潺小溪欢快地汇入蜿蜒的河道。白桦林、落叶松在无际的山峦披上了春装。在一个草甸子边上停好车,迎春第一个跳下来,拎着手中的袋子欢快地招呼着我们。

　　这是我想象不到的景致,置身于北国,书里描摹的景观呈现在眼前的时候,"惊喜"已经是不能形容的心情了。微黄的冬草挺直了腰杆,绵延的如海浪般的起伏与湛蓝的天空接壤,融化的雪水带着春的朝气一路奔腾,在我们的眼前形成了一片大大的浅湾。迎春拿出袋子里的东西,一个捞网已经在她手中。

　　冬天可以打狍子,而春夏又会给我们带来什么呢?一起走进一个浅洼,东北人叫水泡子,波光闪闪的水面清澈得一眼见底,不知名的鱼儿随着水流欢快地游,掀开附近的水草,三五寸长的鲫鱼和鲶鱼匆匆游过。我有点兴奋了,一边喊着迎春去拿皮叉

（一种捕鱼时穿的水靴，到腰部，可防水），迫不及待地去抓一尺长鲶鱼的时候一下就陷进了泥沼里，拔凉拔凉的感觉一下就浸透了我的身体。可我还是抓住了那条鱼，最后才被朋友把我从泥水里捞上来。

手忙脚乱地脱下刺骨的皮棉鞋，朋友拿下座椅上的套垫把我的脚围了起来，虽然是春天，河水的寒还是让我发颤。鱼也不逮了，在一个安全的地方生起火堆先把鞋子烘干，迎春从水泡里迅速窜上岸边一个劲地埋怨着他哥哥："你怎么不早和他说说该注意的事项啊，这要是冬天，脚还有吗？"

看着她焦急的眼神心里一阵感动，我知道这一切怪我太性急，只是那时候已经被快乐充满，忽略了该注意的事情，鞋子干了，迎春和我的同事已经捞到了好几条鱼，沮丧的心情一扫而光，重新加入捕鱼的行列，那一天收获颇丰。晚上，我醉了，北大荒的小烧让我再次感觉到了东北火辣的热情，亲手做了一盆杂鱼锅贴，包括嫂子端上来的红烧排骨和人参炖狗肉，伴着三斤烧酒度过了这个春天的夜晚。

我们都醉了，醉在这个北国的春天里。

第十一章

月色如霜心如雪

月色如霜心如雪,寒露过后梦如尘。

窗外又起风了,炫舞的叶偶尔扑在玻璃上,轻似那年窗外的一声呼唤。这个秋在寒露过后的一场初雪里即将隐遁,只有细碎的雪花撩拨着记忆的清寒。当秋雨涤荡荷塘几片残叶,那场雪能否圆了经年的愿——在寂静的午夜陪你听雪。

听风数雪,是浪漫的初成,那年倚窗,天空里阴沉的元素随细碎的雪花突袭了十二月的天空下行走的我们。你似乎忘了寒冷，只是自责这样的天气并不像南方那样温暖，御寒的冬衣忘记放进行囊。

在雪中抱暖，散发的体温已经融化掉身上落满的雪，我还是穿着十月的秋衣，在雪花里里畏葸。寒冷蠢蠢欲动，让冬天步履蹒跚。当一场青霜打红了槭树的叶，故乡的芦花在晓寒里翩飞。路上的行人都已经穿上厚实的冬衣，谁会在意我们风雪中的单薄，用贴暖来驱寒。

日子过得很快，转眼又是一年，异乡的日子里用文字打发时间，用回忆来抵御风冷。等你在风雪在盈门的时候迎接我的归来，跋山涉水的艰辛在一碗红豆粥里生甜。

晚秋没有来临之前，你早早地去超市买了腊八节里需要的杂粮，细心筛选的红豆晶莹耀眼。一直想象着那个冬天去湖边折取雪白的芦花，在共度的春节把快乐打点。冬夜的漫长有雪霁后的阳光争暖，青花瓶里摇曳的芦苇花衬映你的容颜，在来来去去的折返里品味思念的酸甜。

我开始注意岁尾的气象，把团聚安放在起点的站台。你总是安慰着不要焦躁,十年的时间已经没有长短,而我却不能听从内心的使唤,一次次把快乐的团聚在午夜里杜撰。守候很重,重的像压弯枝头的雪,不再需要把别离的得失去掂量。

起风了,树叶在灰沉的天空下起舞,思念真的可以和寒冷对抗吗?当北风将思念掀起,凛冽的风刃是否多了削骨的寒。电话里的叮咛在腊月时常传来,呵手的惧寒时有你的温暖才自诩坚强。抛开春夏漫长的白天,黑夜掩去思念的表情,那时候才知道内心的强大也抵不住寂寞的孤冷。

干燥的秋风榨干了相思的水分,蜷缩在寒夜里的人每一滴清泪都可以化雪。只是我不知道这些年来有多少外表的坚强经得起黑夜的折磨。告别时的妆容在泪水面前不堪一击,那些场面足以让人在天涯也生疼。

冬天有多远呢?人在天涯,心不再独居。冬天的记忆有据可查,雪落寒梅时的芙蓉醉随一枝梅香笑雪。你还在北方问暖吗?故乡的那片芦苇荡在一片雪海里摇曳,一片浅滩从少年的记忆起从来没有枯竭,只是秋重时却少了江南的温翠。当我离开北方的脚步在频频回首后驻足,秋风裹挟着冬雪的前奏在不久后覆盖了梦的荒原,只有那片芦苇在寒风的猎杀下,匍匐在你的水湄。

期待着冬天的来临,用相机去捕捉季节里久已眼慕的心仪。细碎的雪花在断桥上融化的瞬间,江南这片雪色在一江寒水上蒙烟。银白色的场景不再是北国的专属,当远方的脚步在纷扬的雪花里蜿蜒,思念的伤口早已痊愈。

看着天气预告,很想在这个晚秋里陪你去北国听雪。当我们搀扶着幸福一起走过那些年艰难的日月,已无须在重返的时限里把忧伤对接。

这一年,我在南方陪你回忆那时的陕西,路过华山的夜晚,月的清辉平静的让人的思绪不起半丝涟漪。只是夏季过后,一场秋韵在眼前迭起,撩拨着回忆的点点滴滴。

那时中秋已过,去北方旅行只为避开江南秋林里的阴霾和雨季。日子依旧消停,却少了一些可以让人心情激动的元素。去年十月的菊还在古朴的园林里盛放,窗外的烟花和爆响的璀璨用刹那宣示团圆的欢喜,一片焰火破开乌云的笼罩。只是,一曲人长久已经断弦,只有浊酒一杯,浸满一轮思念。

那天,华山险道上高悬的月色被拢进怀里成了天涯外的把酒问天，明月常在，却寄愁心与明月。记得你理顺发丝时的叮咛，也为告别的醉意拭去眼角的潮湿，时光里，团聚是告别的章节，留下的记忆但不能被时间抹去。只是你不知道，在独自走过的那些年里，思念锁住了一份锈迹斑斑的轮回，誓言刻在西岳那把同心锁上，挂在西凉月。

慢慢地回忆十几年的路程，裁剪的月色夹进书页，目光缩短无法逾越的界限。同在一片天空，青春的欢颜在一片荷色里令人艳羡，月落乌啼掺在柔软的年华。江南，是否还在那一池荷塘的寒水中霜满天，湖上小舟有你摇橹时划动的涟漪在身后扩散。曾经的分离让我们成长，词殇里的顿挫，不问今夕何年，重逢时的温暖在冬天的雪花里，溢出梅香！

第二卷
下一站,幸福

下一站的幸福就在前方,在情感的码头上等你,你的远方是永恒的风景。蹚过岁月的河流,彼岸花开成春天,在今生今世的记忆中不败……

第一章

相遇在秦川

温暖的时光握在手心,天寒时更加怀念三亚的沙滩、椰林、海浪。重新把照片后期制作完成后,岁月的潮汐抚平沙滩上的皱褶。听着海浪的啸声仿若时光的原唱,唱一曲不折不扣的地老天荒……

离开陕西多年后,南下的身影依旧携带古老的秦风。汉中的青木镇、神木的红石峡,甚至古老边关的关隘上最后一缕斜阳都穿越时间的障碍。

结束这一站,从秦川古镇的典雅中离开多了依依不舍的心情,那样的景色不次于江南,反而多了厚重和沧桑。皇天后土上的子民演绎不同的生活,几弯流水、半座青山在光阴中岿然不动,古韵小镇的风情有太多相似之处,柴门半掩,绿水人家。适应不同的生存环境,先民用自己的智慧建设的家园经历无数战火保存下来之后,跨河的廊桥,圆润的石头被时间冲刷得更加圆润。三秦大地残缺的记忆不仅是险峻山峰留下的回忆,当我从小巷的入口处见到满目疮痍,生死于斯的人们传承的历史文化给后人带来视觉上的冲击,也多了对时间的惋惜。

从旬阳到咸阳塬,在另一种景点寻找相同的足迹,太极城被汉江环绕,马嵬坡三尺白绫终结一代佳人的绝代风华。一直遗憾没有进入陕南的山川,滞留时日更多的除了长安和咸阳,周朝的起源只能在史料中追踪。那年的脚步终结在乾陵,从咸阳飞离的秋天,怀念如残垣碎瓦上的一株秋草摇曳,伴着天空下血红的柿子在北风里坠落。

背依青山,面临山溪的千年古镇很少留存在过去的影像中,秦岭的栈道连接不了今天的路。沉湎于都市的身影除了遗憾，没有什么办法可以重新走一回万里关山，只能用遐想把汉中和旬阳古镇联系在一起。汉江如练，翠峰壁立，思念的舟停泊在渭水之南，安康的古梯田在口口相传里是登途的阶梯，崇山峻岭间的青瓦白墙和一株老柿子树相映成趣。在阡陌相连的山道，错落的不仅是时间，还有后来人在你的艰难中一声叹息。

其实我的先辈和你生活的历史一样，除了出门见山便是薄田三分，时间流转一变多年，故乡的半亩花田移植一片稻花香。中秋月下的蛙声一片是午夜的天籁，追逐萤火虫的孩子唯独少了你清脆的笑声。多年后，一声问候从北方响起，很多秀美的景色在道听途说的描绘下令人蠢蠢欲动。太多的神往在文字里杜撰，辛劳耕作的田垄上挥汗如雨的想象中：山风吹乱了遮阳的草帽，命运的手指点痛了额头。

秦晋吴楚，唐宋元清，历史断层下掩埋的故事无法挖掘，命运多舛也和朝代的变更一脉相承，目光撩不开神秘的面纱，时间却洞穿了历史的真相。几百年前李自成商洛山中残存的破庙是悼亡的遗迹，蜀河古镇街道的会馆戏楼唱起的秦腔多了斑驳的苍凉，远不如伊川的黄河号子来得嘹亮。时间永远不会停留在昨天，从壶口到秦岭，涉及的人文风情如沧海一粟。

渭河泾河，三秦古韵都是谁的传说？我从陕北的窑洞里走来的时候，汉唐的风吹过了夏天，相同的龙舟赛成为端午时最好的奠祭，一只粽子包不下红尘万千。八百里秦川上的英雄美人、帝王将相如残花飘落，而走在千里之外的游子却演绎不同的传说，红颜淡，西风瘦，"上善若水"四个字在关中民俗艺术馆的门楣上诉说历史的由来。无论天南地北，属于人类生存的地方不仅属于雕栏玉砌豪华奢靡的王公贵族，也属于青砖黛瓦下的简单人家。我们都重复相同的日子，把相似的生活过得风生水起，那样的生活属于历史的传承，源于生命中追求幸福的本能。没有人愿意自哀自怨，更不会因为时间的变迁和战乱的侵袭而废弃理想的求索。

在延安的腰鼓声中，在黄土飞扬的壶口岸边，最难忘的莫过于那支唢呐吹响的秦腔，黄河咆哮如万马奔腾，泪如泉涌却洗不净内心的尘垢。不能涉足的红石峡和太极城，如今在冬天的追思中萌生强烈的愿望，那片先人创造奇迹的黄土地上，收藏一张剪纸留下的寄托夹在当年的日记中，几十天的时间里、深深感受到的不仅是时间带来的宽厚，也有温暖的七月目光散发的真诚。汉陵的封土埋葬刘氏江山，沿着大唐丝绸古道遇见的美好也是上天对生命的恩宠，沟壑纵横，腰鼓震天，杨家岭的枣树镶嵌着美好的年轮。送别的夜晚，一瓶西凤醉了夏天，这是高原的性格，在历史的进程中传递坚韧和顽强，这是如水的温柔，融化了品性刚直的倔强。那段记忆衍生的悲幸苦乐替换了曾经的优柔寡断，当遥远的烽火熄灭在抒情的子夜，一盏灯点亮黎明，三千年初民燃起的篝火生生不灭，引导一个时代走向辉煌。

回望华山刺天入云的高峰，无字碑写不下一代女皇的丰功伟业，每一次仰望中，迁徙的季节保存有关于青春最美的相遇。时间能铭记的除了人类的起始，还有烟云变换的岁月长河中被信念安抚的忐忑。如果慈恩寺散发的佛音没有粉碎盛唐的繁华，川流不息的渭河余下的旧事云烟都是慈悲的收藏。风尘掩在眼角，远去的离情亦不是深叹的结局，只是你不要忘记失约的春天，曾经有这样一个人：无声地来过，又无声地走了……

第二章

素年花开

暗香,潜入低垂的夜幕,花的精魂在老树上扑进春天的胸怀,那一夜,谁站在午夜的梅园与星空对话,月眉弯弯,清风满袖。

这一瓣繁华和春天相距太远,一枝枯,一叶盛,一季痴梦婉转。风轻轻吹过,江南的梅树长在亭台水榭边,躲在残梦抱不住青春的精彩,而归来时,你亦长发及腰,柔媚的眼神蛊惑春天的脚步。

把回忆的画面铺开，一片落红飘在纸卷，娟秀的字体少了铁画银钩的刚劲，行笔间的情愫却完整地道出一片痴情温婉。一直说走一回故地山水，在家书落款的年月，委婉的书信隐藏难以猜测的心事，清寒中的面容多了梅红的胭脂色，那时的情不自禁，便可许我腊月踏雪回。

只是很多次回去的路被时间修正了坐标，驿外断桥和山长水阔在脚步的开合间截然不同，长发被叹息拂过，却不能说起那时的叹息是天涯的开始。为了这些年的离别，院子里栽种的梅树几度花开花落，剪折的梅枝预留几朵嫩芽散发有你的气息，那是春天的希望，把思念开成青春的模样。当你来时，青丝轻挽，青梅成果，春雪融化的新年盘起的乌发抖落思念的白发，在零落成泥的树下悠闲地漫步。

几年前听着梁咏琪《短发》，心境被旋律都演绎得如此苍凉，如果剪断发也剪断牵挂，哭尽长夜还得拼命装傻，那是一种怎样的纠结。爱情如果一刀两断，何必把往事一次次翻起？那些歌声的诉求让你努力守护着曾经的诺言，在原始的爱情里两两不相忘。

纸上光阴不着痕迹,把思绪挑出,一朵梅花带着不涉尘泥的姣好弱弱地开在枝头,暗香透出,掠过额头的沟壑,在这样的冬天镇守自己的家园,时间吞噬的领地残留最后的温暖。这一切只有你懂,对于寒冷的指责他们都找错了地方,抬起手遮住白雪刺眼的光线,世间的风景也一一看透。安静看着那些绕来绕去的红尘,不能勘破的风景属于眉眼的相留,离去时推杯换盏,重逢时秉烛西窗,把目光里折羽的箭就此收起。

可以离开青春,却离不开一重山水。原本世上有很多可行的路,而我们偏偏选择了坎坷与艰难,在终极的路上回望,爱情和梦想还是被细节刮伤,入冬前这场雪停下之后,曾经牵连的血脉在相握的瞬间开始奔流。如果爱情被做空,每一种疼都是各自表现的方式不同,童年时,青梅就是你的模样,夏晴晚雪,青稚的眼如何能把尘寰看透?青丝应是日后的红颜,懵懂的心在能看得到的季节里,青春做了消费的无知,那时把山河望断,栏杆拍遍,再无登临意。

最好的表情留在相认的冬天,数朵红梅,看雕栏玉砌。朱颜已改,笑颜淡淡,关于你的文字留下的太多,以至于北方的红叶都不再莅临江南的冬天,凉可生红,白雪遍野,倒也遮了月下回忆的仓促。在冬天陪你,且把春秋暂时搁在一边,古梅的枝干在岁月磨砺下像布满青筋的手,行姿却与时光争风。雪里梅妆在眼前铺开,梅花乱雪,花蕊缤纷,其实你也是一株梅树的妆成,在对视的盈盈间,把你称作爱人。

  一直相信季节的宽大,得失自有补偿,当你的长发挽在圣诞节的前夜,才懂得那一年的万里奔波只是蹚过的冰河。目光流露的春天是最好的开场白,离别时情悲情喜,在行走间收放自如,那样的相遇抵抗突如其来的严寒酷冷,在新年后染一色春意尘烟。相信离得远了,便可以把一切看清,宿命逆流而上,岸边的你却撑起熟悉的油纸伞,随意绾起的长发披在素衣之上,十月的那枚红叶遮住你的眼,看不透一世辰光。

  不需要北风的提醒,清楚地知道在这一场风雪交加的旅途中有你的身影到来,尽管沉寂多年的等待被放出囚禁的心,那棵梅树却坚持原有的刚强。弱弱的花苞挂在枝丫,熬进四季水色烟火,方成就今天韶华里的明媚。

走出这场乱局、红灯的花瓣堆砌在转角的台阶，旧时将这段台阶走了又走，远去的背影看了又看。斜红托起月牙，寒色在今夜显得略重，只有疏影衔香，月光溢满浅笑的酒窝。那个素来不沾胭脂的女子在唇间点上玫红，这样的欢喜和流年中的印象重叠，朵朵梅花最终有令你心动的留痕。同是天涯沦落人，"短发"的初奏有了心意相和的共鸣，如今轻松地哼起这首歌，一地伤心的感慨却是能读懂的情话。

导读秋天，我们在植物世界找回自己的影子，枫叶、秋霜，江南的一场雪那么苍白无力。时间久了，人却近了，一切归于原点。寂寞的冬季里静静地收起记忆，梅妆涂满你的珠帘，练就的筋骨在爱情的属地上迎风斗雪，脚步在回廊你款步走来，漫天的风雪衬映那一年摘过的鲜红，陪你凝望。

第三章

江南的老弄堂

老弄堂是江南给我留下的印象,再去无锡时有些弄堂已经拆迁,江南渐渐远了,只有回忆留在记忆中。

所谓倾城之恋成为内心的痛点,柔软的语音穿梭在陌生的人群,置身于此,格格不入的心境在刚面临那座城市后是自卑的沉默。记得从崇安寺去梁溪大桥的途中被出租车绕路宰客的苦楚,也记得迷路问道时一个善良老人的耐心解答。零散的生活就这样拼凑成十年光阴，习惯了冷暖，也听懂撞击在耳鼓的吴侬软语。

去江南谋生来自于亲属的相邀，辞职离开工作岗位好几年，内心的犹豫被残忍地祛除，树挪死，人挪活，在一棵树吊死不是我的本性。一入江南地，匆匆的身影直赴多年渴望的古镇，锦溪外的小桥人家是生疏和美不胜收的景色，阡陌、弄堂、石板小巷安静无声。如果生命是一场迁徙，而我只是季节的候鸟从北方彳亍而来，那时候，故乡满是萧寒之意，只有亲人的眼睛里流露出不舍和遗憾。相信这一切都是宿命的催促，在多年后的今天回想起江南旧事，沉潜的记忆把我拉回那个年代，随回忆一起返程。

久别的江南，白墙黛瓦，流水潺潺，工业化进程中曾经污染严重的运河以及支流如今变得澄澈：看不到游船上着附的悬浮物，包括一种叫水葫芦的植物遮盖的河面，破旧的灯笼焕然一新，石阶木门的苍痕增添了时间的厚重。这是千年前遗落的江南，我用目光把它们拓印在心底，捧着相机在古镇的河边追逐消逝很久的画面，晨曦的阳光照不亮整个弄堂。走在窄窄的弄巷，青瓦缝隙里枯黄的草清晰可见，叫卖糯米糕的阿婆布满刻痕的脸如失了水分的枣却依旧矍铄。侧身让过挑担叫卖的小贩，熟悉的茶楼雕花的窗子内飘出的茶烟很快隐入在雾中，却不知道那一双手捧起的杯盏碰出叮当的声音。清寒瑟瑟的季节，温暖的室内饮着一壶碧螺春，听一曲评弹，应该是很惬意的生活。

漫无目的地走着，把自己归类于游人的角色，对面走来的女孩白色的羽绒服，黑色的紧身裤裹着娉婷的身姿。靴子踩在石板上发出木琴的低音轻轻从身边飘过，也有上学的孩子骑着赛车呼啸而来，橡胶轮胎在凹凸不平的小巷内弹跳着，按响的车铃吵醒了古镇的沉寂。

那天早上，走在熟悉的地方，携着怀念完成这一场江南之旅，在宽窄的巷子里缓缓而行。"大雪"后的几天，江南雪少有地覆盖了杭州，那场雪和我擦肩而过，次日到沪上，穿着厚厚的冬衣已经显得多余。像企鹅一样走出高铁站，弄堂内走出的人竟然还是一身秋衣，阳光很暖，天空蔚蓝，虹桥机场起飞的航班清晰地拍在手机里。或者昨日杭州的雪绕道而过，像那年的江南雨短暂的温婉。那个冬天一场雪被温情哄得眉开眼笑，晴暖的表情像极了晚秋的天气。从锦溪到乌镇，邻水的窗被短木支撑，谁家女子从窗子里探出身晾晒刚刚染过的蓝布，欸乃的橹声划动水面的波纹,两岸相同的建筑隔河相望。看着这样的情景,脑海里幻化的场面开始清晰:有没有一个少年在多年前和挑窗的少女相迎一笑,目光在猝不及防的碰撞时滋生少女的情愫,在后来的相知里随他浪迹天涯……

很多臆想都是别人的现实,包括幸福和苦难成全各自的人生。故人西辞,那样的场面只是独宠的喜悦,拔掉痛苦的根源,江南十几个春夏的回忆被放下的窗隔断在心底,在遐想时一笑而过。

傍晚的小镇有些喧嚣,下班的人群和放学的孩子让临河的街道热闹起来,红灯笼高高挂在屋檐下,一条小船顺流而下。船娘穿着蓝布短袄,手里的橹在摇动时晃动了船身,船棚前一个红色的灯笼照亮水面,利落的短发被风拂动。这不是旅游的旺季,而在江南很多景点依旧游人如织,船舱的竹帘被勾起,依稀看见几个游人在里面品茗聊天,转眼间,小船和船娘一样留给我一个背影。我想问这样的竹帘在画屏半掩的岁月里是不是有轮回的故事隐藏其间,抑或她就是那个临窗一笑的女子,在那个少年远走天涯后,操持家的艰辛,生存于这座江南古镇,默默终老。

太阳坠入西山,也不再去想多年来走遍的水乡有多少回忆可以温暖漂泊的夜。到乌镇的傍晚,一排排灯笼成了夜的眼,染红夜幕下的河面,灯火透过窗棂,梦里的船停在一世河岸。夜色成妆,喜庆的灯笼天天挂起,但不知道走失的人如今留在谁的温柔乡,思念的掌纹早已断裂,作为江南行客,唯有一壶茶解了花雕的醉。黄酒绿茶冲散了思念的执着,再次坐在茶馆的窗前,泡茶的女子也不再是旧时相识,或者她也远嫁,在古镇不远的城市里相夫教子。绿色在瓷杯里呈现,江南的冬天在不久之后也会远离,人生明白了就好,季节无求,一旦自己和此地无关,记忆不会让自己身陷囹圄,走不出一个湿淋淋的雨季。

等到下一场雪莅临江南,倒真的可以踏雪而来,去梅园了却旧时之愿,素雪里开出的粉色成为内心唯一的红妆,昨夜的梦里拥着昨天的一切,记忆就在现实和回忆之间纠缠。梦里梦外早已将过去翻了个遍,只有一个红色的灯笼挂在屋檐下,照映你回家的路。

第四章

汉陵遗香

记忆里的秋,在五陵原外!

一座城、一座山,华山的风姿和历史的瞻望是这一年重新拾起的愿,而一旦记忆被时间复制,有些历史已经失去了原有的光泽,盛唐的故事与秦汉无关。曾经遗憾的秋色在追忆中回味,300年的大唐从繁华到没落有多少不为人知的历史掩在烽烟。

汉武帝定都关中后延续的繁华,在长治久安的期冀中流传千年。等到来年春天在泾河渭河两岸寻找汉陵遗香，从长陵到茂陵，从到阿房宫到长安城，一路没有走完的路旁那些封土堆，掩尽千古风流。

"是谁将文字浅薄，惊醒你一帘幽梦？"

第一站：长陵

世上的路并非无迹可寻，大秦隘口被刘邦的铁蹄冲破，后人的思绪也绕不过历史的断层，绕不过从繁盛到没落的定律。高大的城墙挡不住风雨，挡不住四季流转，

秋叶如坠，倩影失色。秦王朝平天下而大统，我看见垛口上染血的战旗，护城河下倒立着无数个战死的灵魂，成就了刘邦四百年江山。

在那场乱局中，阿房宫的宫灯灭了，扑倒在宫墙外的女子是指间潜伏的情绪，在轮回中一言不发。爱情也不肯逃亡，情非得已和情有独钟难以界定，历史与时间对视，我们却无法从另一个层面发掘太多无人知晓的隐秘。秦失其鹿，天下共逐之，作为开国皇帝，这个带着流氓气息的泗水亭长治国虽然有一套，却也难以改变历朝延续的礼制，从定都长安起，便开始在咸阳塬上为自

己选定这幽冥皇城。

　　第一次到咸阳，这片土地在我的眼里呈现的景观让人目不暇接，将自己放进历史的缝隙，再也不会把江南的生活塞进伤感的情愫。这个秋天，清霜薄薄，而悬挂在树上的银杏叶却迟迟不肯离去。从周陵的岔路口进入咸阳，路边有一丛丛枯萎的秋草和荻花摇曳在你的风中，只是回来后一帧帧照片里看到有人在秋天藏在荻花后的表情，笑脸打开一扇春天的窗！初见长陵的季节，你不知道我用什么理由徜徉在这座古老的城，曾经的烟云只是在每一个季节流转中默默关注。

　　作为前朝的故都旧地，对这座城的向往绝不次于对秦岭的仰视，如果内心的丰盈来自于记忆的沉淀，星罗棋布的西汉皇陵在关中平原上浸淋2000多年的风雨后，昭示着皇家气派的封土堆在历代的战乱中有的化为一抔黄土，祭祀的地表建筑坍塌在战火中，所谓千秋万代也就是一种意愿了。我不知道刘邦及其子孙长眠于地下的感慨，就是吕后和窦太后也料不到他们的子孙最终断送了大汉朝的江山，只留给后人来凭吊唏嘘。

　　站在长陵脚下，恢宏的牌楼已经不复存在，巨大的土堆下埋下了令人难于猜测的历史谜团，长陵的由来我难以定位，听导游的介绍也只是管中窥豹。西侧不远处的吕后墓在远处遥相呼应，在等级森严的封建王朝，吕后拥有和他相同的规模的墓葬让人不可思议。关于吕后的传说一直颇具争议，刘邦死后的权力斗争让她在留给后人评判中褒贬不一，对于下嫁比自己大15岁的一个小小的泗水亭长，那个时代的她有自然有过人的勇气，这一切在刘邦死后的宫斗中更表现非凡。这个伴随刘邦一起打天下的女人，刘邦死后她执掌天下，临朝称制，这也是为什么她的陵寝和长陵比肩的一个重要原因吧，当然这都是题外话。

关于帝陵的建造来自于良相萧何的进谏，史书上记载："建长陵应规模宏大，方能逞天子之威，抚慰臣民之心。"作为开国功臣，萧何的话对于长陵的建造起了决定性作用。其实无论是皇帝还是百姓，只要在财力容许的情况下，他们都奢望死后和活着的时候一样尽享富贵繁华，这也是人性中潜在的基因。一座陵墓体现的不仅是一个国家的财力，也是精神上一种妄想。

"万里长城今犹在，不见当年秦始皇"，长陵脚下，这句话从嘴里轻轻念起，身边随行的你也露出赞同的表情。只是刘邦对于萧何大规模建造自己陵寝的建议当初也极力反对,理由是:天下未定,何以奢华?由此看来,刘邦倒也是一位居安思危的明君,否则也没有后来大汉400年江山。历朝历代的开国皇帝相对来说比较明智清廉,所以有了文景之治,而毕竟是天子,他骨子里具备的品质很难以脱俗,生性喜爱享受的刘邦还是接纳了萧何的建议,也淡去了死后因为陵寝陪葬的豪华被盗的忧心。自古以来穷奢极欲是国家动乱的根源,对于参与修建始皇陵的刘邦来说,他不会忘记自己因何而起义,最后亲手埋葬了那个逼迫自己流落江湖的王朝。

屹立于咸阳塬上的长陵在刘邦登基第二年后开始修建,这座消耗国家大量财富的陵寝埋下了刘邦辉煌而动乱的一生。长陵地势极佳,登高望远,咸阳宫尽收眼底,历史走到今天,我们除了在竹简和史料上复原当年这座陵园的浩大与壮丽,眼前的长陵也就是几个封土堆在默默诉说当年的盛世。黄土堆上杂树丛生,陪葬陵区早成了农民耕种的良田,地下深埋的历史在我们的眼中若隐若现,只有刘邦当年设置的长陵邑在地图的一个点上默默传承了几千年。

从渭河北岸遥望长安,项羽一把火烧掉的咸阳宫留下的废弃材料倒也帮了刘邦建造陵寝的忙,这座建造于咸阳宫旧址上规模宏大的陵寝如果全靠当时的国力很难支撑,在导游说起的典故中我更加深信这个原因。至于刘邦的是非功过也就只能由后人来评说了,我想说的是:秦汉两千年的历史长河中,长陵不仅仅是一个时代的标志,更为西汉一个朝代的延续打下来稳固的根基。车马人流熙来攘往的繁荣景象从刘邦死后在长陵邑一直延续几百年,当我们乘坐的8路公交离开三义村,旅途中圈定的下一站,是否有你随行的快乐。

第五章

下一站，幸福

鼓浪屿，在昨夜的梦里招手，"鼓浪屿之波"如游丝般从弥漫的海雾中进入耳鼓。浪花没有拍醒回忆的梦，那种旋律带着我走过集美，在厦门这座城市停留。和三亚不同的是，这座城市的绿化和商业化模式都远胜于南国的孤岛，唯一相同的椰子树却不见果实。

那年带着寻你的念头走过泉州，奔赴厦门为一场破碎的青春负荆请罪。并不知道千里寻觅在那样的境遇中爱情走入怎样的结局，十月海边的礁石也忘了夏天过期的盟约。亲人的指责避之不及，在寻你的途中我已看不到你走过的行踪。

浪花淹没了你对海的呼喊，缥缈的爱情让人失去了心跳的躁动，深情的灵魂从一湾海水中捞出带着海水的咸涩。在那场变故中，惊变的感情被理智弥补，以至于后来所有的分离都滋生重逢的希冀。时光穿过浅滩，时间的脚步流淌尘世的悲欢，青春的忧伤和离失被卷走，慢慢归入海的记忆。

冲洗后的照片被挂在城市的暗室，在交错的光影中不再打量往事的斑点，更不愿把千山万水的寻找说成思念的词。厦门，那年迎着海风抖落的蒲公英在三亚拾起的时候，内心深处潜藏的怅然被阳光带走，而你，也在触手可及的身边指点南国的江山。

世间风尘还在，披肩的发也不再如那年飘逸，从南到北，谋生的艰难多了谋爱的心甘。从那时起一直往南走了二十年，直到"天涯"的字体在礁石上褪色，镜头里切换的画面少了北国的苍凉，时间在推移后少了孤独的等待。我总是像一只迁徙的候鸟，在守望的眼中成了归来的影子，一个人的旅途乱了两个人的江山，领略自然风光的同时感受行走的魅力。当临窗挥手时一声呼喊，多年前的温婉在心底浮现，瞬间溢满柔情。

我知道那年鼓浪屿上的你只有悲怆的流浪，更无心情去在意胡里山炮台的壮观和鼓浪屿之波的欢快。从厦门回来之后闭口不问关于那段日子里所有的经历，只有打皱的裙衫诉说着离家的不易。爱情赌气的代价往往都是埋下的伤痕，也验证了此情不渝的甜蜜，记忆走出秋天，摊开十月的画面，些许往事真的就淡了。

再回厦门，所有的快乐都是相守的报还，甚至看着浪漫男女在芙蓉山隧道里涂鸦爱情宣言随之感叹，时间可以老去，初见时的山盟海誓在说起的时候红晕漫上了脸，迷离灯影下拥抱少年的梦幻。醉倒在南国的海风中，厦门的诗意是随行的安然，即使青春是飘零的树叶，你的过往始终在保留的影像中清新如故，温柔的眼神指着来时的方向，对你的怜惜是不谙世事的青春里自责的补偿。关于这场旅行的概念除了怀旧的情愫，更多的是重温那段岁月中我们不能同行的遗憾，街道上盛开的三角梅，一排排椰树摇曳三亚相同的风情。

天涯是宿命的词，闪着尘世的红光，更吸引人们走近的念头，当幸福弥漫在鲜红的字体上，曾经的妩媚在岁月中流露出青春的笑靥，从胡里山炮台到白城沙滩，蓝色的海和金色的沙滩一下就让我们找到从前……

从前是什么？是苦涩和青葱，还是流浪与漂泊，从沙滩迫不及待冲进海水，温柔的海浪涌过屹立的双脚。你坐在沙滩下，粉红色的伞遮挡午后的阳光，用放松的姿势看我在海边逐浪。眼前的一切都是那样的熟悉，你更像红尘的看客任波浪在我脚下起落，直到夕阳染红了海平面。吹着海风，看着晚霞，眼睛在海水的折射下纤尘不染，我们都跌进这样美好的景致，用伸出的双臂拥抱失去的青春。尽管北方的冬天青草已经褪去绿衣，一排排银杏被秋风染的金黄，我们在南国的海边依旧惦记共同的家园。从来不问这些年翻山越岭是为什么，只担心岁月的风霜在跋涉的身上刻下一道道沧桑的痕迹，缠绕的指尖牵引回家的路，一双脚印还留在沙滩上，最后被涨潮的海水慢慢抚平。

人离开厦门，心却留在那里，时光荡荡，欣慰的是我们找回了失去的美好。回忆岛城上一幅幅画面，街道上陌生的脸更映衬出生命的真实。这是红尘的道场，在岁月逝去的年华里我们一路向前,当北方第一场雪落在江南,爱和生活用两种方式共存:左边真实,右边温暖,在梦想与风景接壤的地方,你一定站在熟悉的航站楼前,在幸福的通道安检。

第六章
茂陵之夏

约定的七月一步到夏,到茂陵的时候历史和你之间的隔阂已经荡然无存,快乐跨越渭河,思念紧跟你的影子,绕开了"文景"二帝的陵寝直奔茂陵,也避开三月细雨中无法伴行的嗟叹,当七月的风吹过春天,那一次茂陵之行终于有了快乐的同行。

冬天过去的那年转眼是夏,在汉武帝的茂陵出现在眼前的时候,两个季节的相隔没有把我们和历史的距离拉远,久已的期待和轻松的心情流放在咸阳塬上，茂陵不属于五陵原的风景，渭河以北的历史断层多少让后人少了些瞻仰的遗憾，而对于我们来说，西汉的宫斗似乎离现实太远，曾经的五陵少年风采只在史书中可见，你顺口说起的歌谣是千年流传的史诗：三原的庙，泾阳的塔、比不上咸阳塬上的冢疙瘩……茂陵是汉武帝一生传奇的象征，在诸多的电视剧里我们看到的历史总是多了人情味，而在后汉书里的记载有些出入也只是后人一些愿望和对历史的修正。对于你我来说。刘邦开创的大汉版图除了统一中国，更是开拓了西域丝绸之路，时间过去了2000多年，这位汉人建立的王朝依然给后世带来繁荣与西进的指引。

七月的风很热，热得让你我在天空下挥汗如雨，冬妆换成夏日的轻盈，将长发盘起，多了轻快的如意。在坍塌的王朝瞻仰先人的遗踪，高大的土堆默默诉说前朝的故事，而我们的故事就在你那样的夏天成了永恒，伴随耸立的王陵跟随时间的步伐前行。

关于刘彻的传说不仅见于史书传媒，这位旷古奇才的帝王虽命运多舛却成就了他的一代霸业，口碑不次于他的曾祖父刘邦。他的功勋伟业很难用文字传颂，北逐匈奴南征北越，用鲜血和智慧奠定的中国版图在后来两千多年稳若磐石，为中华民族建立的尊严让今天的华夏子孙依然荣耀，让大汉帝国的光环笼罩后世几千年。这样的豪情与自信在历史传承中感染到每一个人，当我走进茂陵的入口，回顾已经和骨子里的敬仰糅合在一起，在于你对视的瞬间交流一段我们不曾思索的记忆。

一直在初识古都的冬天揣摩这片土地上的一切，哪怕是一座王陵和一草一木都为爱屋及乌的心情添加无数好奇。我们回不到那个年代，却常常想起你是那个侍于城外的女子，挑着白色的宫灯迎良人于沙场归来。记不住前尘，只是记住你的名字，一城烽烟和渭河北岸的芦荻在李延年的歌赋里走来了你。当我们在茂陵前被导游的话语惊醒遐思，这个夏天情愫在茂陵的巅峰安身立命。

最早的相识过了乍暖还寒的三月，炽烈的风撩起你飘逸的长发，汉风掠过丰怡的娇容，在抵达眉眼的时刻时间过了千年。我想到了天之骄子的这个词不仅仅属于天子的称谓，在帝国的领土上，你的骨血传承了那一代人的傲然，把三尺青锋化作柔肠指。原来历史也是醒着的，他没有在时间里沉睡，我们从一个典故里含泪走出，多年来追逐的步履陡然停滞，痴迷与等待在那天得到热烈的回应。

  十几个朝代的更迭带走无数梦想，只有矗立的陵冢诉说着一个王朝的兴衰，一次次倾囊西行只是为了寻找梦里的影子，在去年的风雪夜对着保存的照片屏住呼吸。那时的你在和我对视吗？雪色已覆盖了不动声色的情愫，倘若我们离历史太远，到如今何必走近？当土丘上的树叶被阳光曝晒，显得有些慵懒，隔了千千万万的夜晚堆积的思念无法和这片高原媲美。你用零碎的脚步应和踩响汉乐府的音律，在错过的青春里修改走错的痕迹。

  坚信这些地方是我徜徉过的故土，茂陵的主人有什么样的丰功伟绩也不是再次探讨的主题，辉煌的历史都要由后人书写，我只在乎的是这样的夏天，千年前的你如何避开血腥的战乱和风雨。武帝的巨冢在你生活的茂陵邑被时间一点点萎缩，我能见到的只是一句久违的乡音。缺雨的高原没有江南的丰泽，这些年流落的异乡只有你属于梦里的故知，马踏飞燕的石刻还在，捧起泥炉里灰烬还有记忆的余温，像你那天牵起的手，在冬雪横行时也不失手温。

站在庞大如山的茂陵下，我们显得那么渺小，不知道谁造就了一代帝王死后的殊荣，又是谁让他在死后享受如此奢华的地下宫殿，直到唐人崔护在城南推开了柴扉，一朵桃花在三月的雨中已经闪了腰。从长安向北四十公里，走进这座陵园的季节，桃树下几个行走的游客淡出血色黄昏。我们透出历史隐秘的部分，在一块石碑上寻找盛世的由来，也许是汉朝和亲政策的屈辱在少年的心中积蓄雪耻的信念，当他一旦即位后，复仇的心让这个少年天子在攘内安外的治国理念上和先帝相比更胜一筹。史料中相同不一的传说颠覆过我的认知，对于茂陵之夏的喜悦就搁置在历史之外，飘袂的裙衫让人眼前一亮，无论你走在那儿，这份喜悦都在后来的日子里相依相存。

几年后，依偎在那段历史中不再远行，桃色的裙衫和红色的冬衣随季节替换，时而把过去的记忆拉到眼前，在四季流转中舍不得让回忆入眠。如果说匈奴是刘彻背上的一根芒刺，而你的一切已是长在骨子里的不舍，在爱情休养生息的寒冬腊月，赢取夏天到来后生命的丰盈与葳蕤。

历史很旧，记忆犹新，季节在时间面前黯然失色，我们的明天何尝不是历史的旧人。坐在茂陵的峰顶见证汉武帝创立的盛世，时间可以腐蚀存立于地表的建筑，但是无法腐蚀汉武帝的千秋功业。茂陵，不仅折射出西汉王朝那段巅峰时期的国家状态，也折射出那个时代一位天子对治国理念的独特见解。

不能遗弃的历史和记忆重叠，经过季节轮回，我小心翼翼地挽留过去，在千回百转间怜惜。

第七章
半窗流年,许你一世长安

四季都来过的小雁塔如今和记忆留在冬天,很久了,一些往事在起伏的心海中难以平定,1300多年过去了,我依然站在远处,伫立在梦的起点,回忆那座千年不倒的塔外的春夏秋冬。

秋风离去,冬雪消融,春偎依在一个季节里滋生了多彩的炫目。从秋天第一次走进山门,春花夏草被秋风改变了颜色,稀落的古槐、傲霜的菊花平添几分萧瑟,一片片飞舞的黄叶像经书的碎片被秋风吹得满地都是。冬天来了,圣诞的气氛也渗透了千年的古寺,雪压断枯枝,秋蝉不再鸣叫,觅食的鸟儿们在几只饿猫的惊吓时扑棱着飞向树梢,只有竹林和翠柏守卫着灵魂的封土。时间在仰视之间流逝,沉闷的木鱼声点化你来我往的众生。

漫长的季节,总有人在瞻仰凭吊,红色的绸缎和纷拥的游人并没有使古塔华丽起来,只有残缺的影子在地平线上延伸。千年古都,太多的沉默与执着引起心中对往事的思索,一些痕迹在心底渐渐明晰。

阴沉沉的天,透露着压抑的声息,梦境在反复的交替中裹进了你的身形。静坐在五月的石阶,隔着遥远的时间凝望,极力地去梳理走过的痕迹。或许,一场雨很快就会到来,湿我的远山,把窃喜埋进江南的烟雨。还有寺前的一把伞吗?撑起窄小的空间紧紧相依,而所有的昨天从此留在相关的风景里。

午间茶社休息,杯里的玫瑰在碧绿的茶叶间沉浮着,慢慢绽开的瓣在目光的注视中氤氲着香气。那日临别,站在寺前空旷的广场,留下了等待,却无离别的怯意。坚强超乎了所有的想象,只把重归的寄语从容地说起。其实天涯再远,只是一个心的距离,飞越只是一盏茶的间隙,我会在告别的地方,听一回汉宫秋月,看一段霓裳羽衣。

三月时,随雨慢行,寺前的杏花亦含苞欲放,一场新雨后,空气静朗,欲滴的鲜艳中捕捉了你容颜的妖娆。春天的寺内游人如织,桃花如火,翠柳如烟,清风无意地掠起你的发梢,颊间的酡红似枝头的绽放。站在土黄色的雁塔下,浅笑无忧的神情安静在塔前的佛光下,郑重许下今生相行的愿。

入得寺内,雨越发下得稠密,庄重的佛堂,跪拜的祈言在口中呢喃。木鱼声和心共鸣的同奏,目光瞥见你阖目的肃穆,竟有了佛的庄严。晨钟在阳光升起的时候响起,厚重也悠远,枝头的鸟儿,在惊起的扑翅里留下清脆的欢歌。挥离一些浊念,只是今生,我似走过洪荒的苦行,只愿与你做一生的随行。那个三月,我们不再是佛前的围观,于一天细雨中执手安然。

五月,再临寺前,杏花春雨后的暖亦如江南,初夏的阳光下百花盛开。喜欢这样的天气,连飘起的裙袂也着了春光。偶尔一场雨后,春衫难挡寒意,重逢的温然,在触手可及的展眉里,传递了可亲的欢喜。

徜徉寺外的林中，高大的山石上泉水一直在倾泻，水声不断。除了雁塔晨钟的悠扬，庄重的佛号也在耳边隐约。远方有箫声传来，只是羽阕的变换里再无六宫音色的沉重。那时候，我就坐在竹林下的长椅上，看着相连的人并肩依靠，听着寺内传来的佛乐，把尘心苦度。

出了山门，高大的白玉兰已经绽开了莲花般的叠瓣，伸出了寺庙红墙的围揽，摇曳三分素雅，更有七分矜持。一株株玉兰是生命中另一种庄严的大气，陪衬千年的古塔，淡去了秋冬的喜忧。碧绿的湖面几支嫩荷钻出水面，在映着阳光七彩的水波里，夕阳拉长的塔尖多了历史残缺的背影。那年的浑厚的钟声也惊醒久已的盛唐梦，如血的夕阳和剥落的青砖随着那段历史依然站立在我的面前，佳人眼帘合上的眉睫掩住盛唐的情愫。心舟已过千重，即使离得再远，相慰的相挨，已是挥别的无碍。

想那个冬日，一只香烛从跳跃的火苗上点燃，这座被很多人遗忘的盛景再无塞北的冷艳。在季节交替的前夕奢望行走在一季风雪中，素伞下的安稳和柔情被元旦的钟声唤醒，那是历史的回音，而目光的静怡，还是我酷夏清凉的静地……

新的钟声还会在雁塔内敲响，它是岁月的怀念，也是生命中又一次洗礼，续上一壶滚烫的泉水，平安夜的阳光已破了云层。时间的深谷里孕育的汉唐雄风被钟声演绎，古丝绸之路的驼铃不再是历史的绝响。那年离开的冬天，漫天大雪覆盖了黄土高原，回忆时时侵袭着难以安稳的思绪。梦回大唐，想象在某个夏日重回历经千年的雁塔撞击古老的铁钟，相约的等待多了炙热，欢悦留在竹林深处，用相思拨响心中的柔弦。

寺，还是那座千年的古寺，长发挽住最后的遥念，春夏之交的雨润泽过相思的茁壮。将你和风景装进心中，无论身处何地，心中的美好都是永恒的灿烂。踏过寺前一道道石阶，这里有你我的常相见，无论春夏秋冬，你在与不在，我的人，我的梦，如约常来！

思念，是一种欢喜，回忆随时清晰。那个夏日，我站在古老的城楼上，踏着这千年不倒的奇迹，追随古老的驼铃，走过关山万里……

第八章

寒月未落,夜未央

秦岭的雾一直没有散过,远处的渭水也冲不尽历史的泥沙,那些雾和云彩缠绕在一起,让人在仰视中多了肃穆。在苍龙岭上望长安,八水绕城的景观一千多年后再现,曾经不舍昼夜行走的脚步在大明宫停息的时候,落地的脚踩痛了遗存的历史。

无法和时间对簿公堂,一个樱花怒发的四月我从黄帝陵回到乐游原,缤纷的樱花和春光交织,晃了游人的眼。在青龙寺的入口望着穿梭的人群,心还留在陕北高原,回想帝陵盛大的祭祀,回味窑洞前急促的腰鼓声,以至于身心分离,人在青龙寺,心在黄河边。黄帝陵内礼乐声声,传颂一个文明的光辉,而唐王朝的历史凝固在脚下这片土地。

从乐游原回到住处,记忆的脉络理顺大明宫的今天与过往,作为盛唐的起点,这座占地 5000 多亩的巍峨宫城一直是帝国的权力中心,200 年后,它和唐王朝的历史一样被战火和动乱肢解,历史从此开始转折。从丹凤门进入,高大的夯土堆默默诉说着当年的繁华,包裹在外面的城砖早已成了很多农家的垒砌的居所。当我脑海中回放这部盛世之歌,你从一棵古老的柳树下闪身而出,一个王朝的背影在身后若隐若现。

为你当年的一句话,对十三朝古都向往的迫切在文字里袒露无疑,午夜梦回,一个声音在耳边回荡:你可记得汉唐的长安,是否知道举世无双的三大宫城?如今站在含元殿前,西风残照的废墟上很难把一千多年前的大明宫城联系在一起,含元殿的体量和形制完全不次于故宫的太和殿,如今史书和三维动画都还原不了当年的模样。历史的进程中,这座东方闻名于世的皇宫又是怎样消失在时间的海洋中，一切都有待于挖掘。阳光投射在宽敞的御道上，土黄色的路面，蓝蓝的天空下行走的你给这个四月带来别样的感触，只能用目光随着你手指的方向，去触摸历史烟尘下的余温。

北望渭水，那里就是你的家，从汉朝走来的女子不仅有北方佳人的情怀，更有遗世独立的优雅，汉乐府词牌中击节而歌的少年用一生痴情阅读，那身紫衣在四月春风里成为眼前最美的风景。从紫宸殿到太液池，边听边想的思绪随着你的手指追寻一段古老的历史，语音婉转如六十度烈酒的沉醉，却不知道我的眼神追逐的不仅是一段消失的盛世，而是在想：你一定是从汉唐走来的女子，从深锁的宫门走出，乘着渭水上的小舟，穿过咸阳古渡。

玄武殿外，依稀的马蹄声由远而近，岸边婀娜的背影从清晰到模糊，中间跨越了几千年。卓文君的歌声还在，一曲白头吟唱哭了黄色的土地。行走在四月的暖阳下，额头上晶莹的汗水在今天却是颗颗流淌的幸福，那是阳光下是水钻，折射多年来相思的晶莹。

几百年的柳树长出嫩绿的枝条，一片阴凉下我们并肩而坐，澄澈的眸子在对视间多了彼此的影子。这些年一直在想，那年春天的错过是不是宿命的讪笑，以至于多年后的你伫立岸边，等人独上兰舟。一双待牵的手如何才能握紧渭北的情愁，曾经的灞桥烟柳遮挡今天的阳光，佳人辈出的汉唐王朝，你如遗珠落尘，伴随着大唐荣辱三百年。

眼前发掘的每一处遗存只是大明宫的符号，荒草下裸露的青砖依然守护着大唐的精魂，高高的黄土堆已被围墙拦起，旧时的辉煌被时间一起风化。60多年来，人为造成的破坏让后人心疼，被铲平的遗址上，人们只能从影视里回忆那些裙袂飘逸的女子，聆听灯火下霓裳羽衣曲，只有杨贵妃飘零的灵魂成为爱情的主体，随一曲长恨歌传承在缥缈的时空。

龙首塬上望长安，安史之乱后的大唐江山终于轰然倒塌，一个王朝就此沦陷。也许我们很难在这片废墟上找到当年的盛景，更不能在消失的地表建筑内谈古论今，一座座殿址和出土的石刻支撑不起曾经的气魄和伟岸，一朵春花、一片土堆沉默在寂静的荒原。大明宫，这是给人追思和遐想的舞台，透过黄昏的夕阳，站在今天仿建的城墙上去想象当年的壮美,从玄武门之变到朱温篡夺李唐王朝之后,长安,再也没有任何一个王朝在此建都。

大明宫,它和帝国的命运紧密相连,220年间,岁月的烟尘淹没了历史的痕迹,但抹杀不掉曾经的荣耀。看着东去的渭水,春天把远去的大唐笼罩在一片神秘的色彩当中。你说:在人生的舞台上,如果不能做一个出色的演员,那么就做一个安静的看客,回不到唐朝,就在今朝,目光的去处,总有属于自己的另一处江山!

第九章

烟波依旧汉时秋

过了龙首塬,透过高架桥的上行驶的车窗,一条黄色的玉带蜿蜒在汉中大地,那就是横贯关中的渭河了。她穿过你的城,流过汉唐秋月,而如今的咸阳古渡,谁又是你的摆渡人?

站在渭河渡口等着你到来,这年的咸阳桥不仅代替几百年前那座木桥。朱红色的画舫停靠在碧绿的水岸,古桥公园内一座拱形的桥上站立你的身影,和城市的背影重叠在一起。长风吹过,裙袂飘飘，那首《渭城曲》从唐诗里走来，不仅镌刻在桥上，也是后来回忆时长吟的离愁。

从东到西走过西安，从灞桥到咸阳桥，城东的灞桥风雪留在十月世园会后的冬天，秦中第一渡的古渡口再也听不到秦汉时桨声欸乃。汉唐以来，这个古老的渡口成为几千年来离别的代名词，见证那一年从陕北到咸阳千里寻觅的艰辛。

几个月中，我走过关中大地，八百里秦川留下过春夏秋冬折返的身影，当我们在古桥公园相握一笑，在梦与醒的边缘避开唐诗中伤感的词句。渭城朝雨只是湿了相望的眉睫，秦砖汉瓦秦楼月，那洞箫声穿过相思的长廊，忘了二月灞桥烟柳外的瑟瑟清寒。曾经的冰雪情怀在八月的咸阳宛如隔世，时间在长离短聚的重逢里，唐人写下的诗句不再是古渡上以泪洗心。走在渭河边蜿蜒的小时路上，长发一甩，便是清风明月佳人，回头一望，就囊括了整个汉唐江山。这片土地上，你属于关中八景之外的盛景，遗存的史迹不仅是目光的择取，更是心灵和视野融合的开始。

离开关中之后，不说西出阳关无故人，净土不必远求，就在心底，人近天涯远，也是宿命。你还守在缘分的要道春天，古老国都穿流的渭河滋养你水一样的风骨，也冲刷历史留下的烟尘，踩过的黄土地惊醒不了先民的亡魂，只有失国的帝王一腔热血抛向城楼宫阙。整个八月，走遍咸阳每一处景点，直到渭河边的芦花泛白，挥别的衣袖告别秋空下一段烟云，许诺来年。

很想把脚印留在无人的地方，去问道终南，看太白积雪。此去经年，最好的良辰美景是古渡夕阳下相伴的背影，在十月去南山采菊，避红尘俗念，结庐相伴。如果有偕老的意愿了然于心，又何必在分别多年后站在开满郁金香的广场，期待梦与现实的统一。

是的，就在统一广场的雕塑下，三十六支伞骨撑起未来的天空，相聚是暖，相离是懂，在十一月的晚秋中，我们争相说起今年到来的这场初雪和那年有很多相似之处，一见如故的景色平铺在各自推开的窗前。这一年，你从北方来到江南，沿着运河走过锦溪、周庄，漫步西湖乌镇，娇俏的身影留在蓝布后探头微笑，也把沿街的灯笼挂在等待的屋檐。但是今夜，穿起黑色的风衣抵御千里外的风寒，谁端起一壶西凤，把《渭城曲》里的告别词重新念起，用温柔稀释思念的断肠。

所谓历史,就是昨天留下的一切,梦的前生,你就是渭河上摆渡的人,我们选择在那里相遇,感知历史和现实碰撞时一场巨大的幻灭。我离你很近,但是离汉唐太远,在生生世世的轮回间,渭河上现代化的桥梁已经把历史延续到今天,清澈的咸阳湖容纳几千年流过的渭水,为你承载生命的过往。

今夜,清霜如月,蜷伏在冬天的怀抱等我走近,月色太冷,思念的凉意从心底泛起,为你呼唤阳光的温暖。很多构筑的梦里,一千多个日夜等你款款而来,是否还为我保留最初的约定,用最后一笔柔情写下相同的诗句,在重逢时唱起阳关三叠。咸阳公园外的银杏落尽了秋魂,即使是飘零,也有悱恻的缠绵。这个没有抵达的冬天,你在枯萎的芦花丛中,不褪色的青春随我一起,把痴情走成阳关内的绝唱。

期待这场发芽的雪落在渭河生态长廊,拱桥上红色的围巾点燃冬天的火焰。在城市一体化的进程中,古老与现代的结合正是秦汉以来历史的延续,你等待的身后,无论春秋四季,有一条积雪的船,都衬映你平凡中的一抹婉约。

等待春天度玉门,在一个杏花开过的黎明飞赴秦都,很多虚构的历史变成真实。那年的荻花深处弹去你衣领上的风霜,箫声矫正走失的音符。"京华庸蜀三千里,送到咸阳见夕阳",多少年过去了,我用柔软是丝巾拭去眼角敛藏的潮湿,旧时居住的小屋在蔷薇花开的季节春风来渡,冬天孕育的嫩芽葳蕤出三月的绚烂。

还是那座桥,还是那个人,玄宗逃川时拆掉的古渡桥埋藏在地下几百年后,解缆的渡船依旧停泊在彼岸。我们远离晚唐的战火,却躲不开红尘的纷乱与悲离,如果这一生是静美的相望,就在对岸吹响你喜欢的芦笛。铺开一卷古老的画面,你从三千年的诗经里走来,穿过缘分的天空细说积攒多年的痴语,绝不让这份等待憔悴成脱水的枫叶,用一叶兰舟,渡过千年流淌的渭河。

第十章

鱼书不至,雁无踪

文字倒映出青春的影子,那些时光轻轻地从身边溜走……

少年意气,几番江湖,"鱼书不至雁无凭,欲送登高千里目",那些豪情权作一杯酒燃烧了岁月。走在华山之巅看碧天白云,山雀从松树的枝丫飞过,带动了七月的风,不甘寂寞的蝉在树梢上浅吟低唱。从苍龙岭一直向上,风中带着松香的气息,俯视山道上若蚁的游人,西岳之险峻昭然若揭,感受异地的情调,炎热的天气也在考验攀登的意志。陕西，这片被周秦汉唐烽烟熏染的土地在第二次走进的夏天多了西岳之行，3500 年承载的历史少了战乱的尘烟。

对于陕西的认识来自于贾平凹的废都，高亢的秦腔、五陵原的汉陵一直让我滋生走遍关中的念头。这种念头一旦因为历史和现实的牵扯而付诸行动，那个夏天的足迹在坚硬的花岗岩上踩痛了思念。走在炎热的山道，多年前的记忆开始复苏，身影伴着清霜怀念七月天空下葱绿的山峦，我循着时间的轨道，在岁月中问路。

西岳，在华夏五千年的留存中远比一个朝代要显赫，游者甚众的夏季山路感觉有点拥挤，而遗憾的是关于秋冬的景色只能在别人的图片里仰望。那日从索道进入山门，也就进入了游者的角色，令人眩晕的峭壁让人胆寒，偶尔传来的空谷回音多了一份生机。走在去北峰的路上，弯曲的山道逐渐变得狭窄，只有阳光从两座山峰的空隙中投射下来。这是大自然最完美的组合，比人生更简单，山脚下的皇城和朝代的故事穿行在岁月旅途，汉唐宫阙内每一盏烛火已经点亮不了那个时代的黑暗。秦皇汉武、帝王将相，历史一旦被编进传说，所有的爱恨情仇也只是长河里的浪花，只有铁锁关上同心锁系着的红丝带每日对着黎明摇旗呐喊。

攀登总是需要勇气，平坦的路也有人半途而废，我用近乎朝拜的姿态匍匐在这条路上，汗水顺着脚跟流进了鞋子，陡峭硬朗的悬崖带着不可丈量的弧度，无名野花柔媚地开在石头缝中可望而不可触及。自古华山一条路，从踏入山门的那刻起我不再回头，骄阳似火，炙烤着裸露的皮肤，坐在光滑的圆石上遥望长安，古老的烟火城池是生命更替后现代的繁华。

每个人离历史都很远，周商秦汉废弃的残垣冷却在脚下，双手能触摸到的脉息只是山石上烫手的温度。回头看蜿蜒的山道是山峦交错时抹去来路的视觉冲击，惊讶地问自己：有恐高的我把脚步迈上一条又一条陌生的石阶后是什么力量让自己少了恐惧。一种刺激的感觉包围了胆怯的心态，照片里留下的心情更有自豪和激动，那年的景色和行走的细节在今天回味的时候很少细数，只有手心抓紧的铁链提醒攀越的人全神贯注。山崖下一簇山花目送我渐行渐远的背影，而双手则像深植在泥土里的根，生怕在撒手之间离开生命存活的依附。

山越来越险峻，不敢回头是怕自己失去前行的勇气，走走停停，也不再想是否有力气能顺着原路返回。山风呼啸，天气也不再炎热，夕阳从两山的缝隙里射进来，却少了登乐游原时那种萧索的味道，拿起一粒石子投向身侧的悬崖，惊起的鸟扑棱着翅膀冲向云霄。

从回心石折返的途中，夕阳辉映的山峰和屹立的青松竟然多了柔美的姿态，这是刚柔并济的体现，也有群山苍茫的斑驳，在时间的海洋里，千仞峭壁上的一草一木和众生一样生存自己的家园。记得有人说过：旅行的意义在于它容许我们错误地理解生活，在这样的生活里我们都是轻松的旁观者，是毋庸承担的过客，更是满心期待的异乡人……如果一座山的存在赋予生命的坚韧和本真，红尘众生也只是山崖上一棵挺立的青松，小草，当时间剥落浮华，我们依然可以走在自己的路上，去触摸天空的蔚蓝。

鲁迅说，世上本无路，走的人多了自然就形成了路，在我看来，每一次攀登是对自己的超越，只要我们勇敢向前，脚下就没有迈不过的坎。在初冬的季节回想七月的华山，我并没有在北高峰上越过"回心石",但是还是希望在某一个冬天去看华山雪景,不问风的方向,看一双捧雪的手指摘取光阴下的阳光!

七月很远,在经年的时光里,有人听到北风吹动的雪填平西岳的沟壑,而你身畔的芦苇在五陵原外的咸阳湖探出了地平线。斜阳掠过山影,一束芦花的羽毛若雪般在水上漂浮,春天舒展的筋骨荡漾古老的蒹葭。如果你和雪花相邀,秦楼外的箫声要吹破多少回音才能听到空谷外那年的一声呼唤,晃动今夜酒杯里的一壶月光!

第十一章
青海，不是海

青海，不是海，十几年前争辩这件事的时候，你的脸如十月飞红，落在冬天的雪上。窗外地风触动梦的风铃，室内灯火带着橘红色的光照在窗帘。那个临别的夜晚关于青海湖的点滴在争辩中终止，你只说了一句：青海湖，我一定会去。

期待在寒冷的时候遇到一双温暖的手，便把激情和梦想扣在手心。西域的海是边城雪水融化的湖泊，逐渐忘记那次争辩，后来你用行动证明你的倔强。几周没见的空档，你说已经在西行的路上。

笑着说了一句：想去便去吧，人都有独立的自由。蹚过梦想的领地，在你的旅途中除了羡慕，还有叮咛与担心。青海，无数次想起蔚蓝天空下雪山，那时无忧的笑在内心里存下倔强留下终生的遗恨。和你去过南海北海，甚至老龙口长城脚下的惊涛拍岸都打湿过飘逸的长发，在你留言里发呆，我却因为工作的原因身不由己。其实在生活中你比我细心，这全不是因为你是女子的缘故，很多小聪明是因为生存环境造成的狡黠。但是总有人把那样的喜欢给予你，当你在列车上传送彩信把七月的边陲展现在眼前月下，西凉，我懂得什么是牵挂，也在后来知道什么是无情。一路的叮嘱都变成你洒脱的词，一句"你别把我当孩子"的话伴一个顽皮的表情发在屏幕。那个季节内心却滋生边陲的寒，你把七月走成冬天，让我明白你骨子里的带来的倔强是无人能挡。

温情如火的青春时代，总有一场劫难在命运里潜伏，从你离开的那天，思念就挂在七月的天空。沿着你的脚印一路追踪，却没想到从此以后与你失联，遥远的青海湖难道真的比江南这片大湖给你更深的刻骨？纵然你的性格成全你完胜的自得，我怕在某段情感中沦陷的美好被冷寒封藏，不再把七月的温暖在手心护持。

直到你走了后隐藏后来的行踪，一定是怕暴露了远行的目的，这些所为在后来经历的人群中倒也见过很多。失联是掩藏行迹的最好办法，当列车出了嘉峪关，戈壁滩空留远行的希望，只是西天那乱雨夜隐月的小巷，有人如灯影下站成一尊雕塑等着你归来。

性格决定命运，这句话在今天重复时相信不是空穴来风，有些人非常倔强，宁为玉碎也不愿瓦全。那时佩服你倔强的同时那段情愫不欢而散，却在面临幸福选择时你失去应有的果敢。多年后的今天想起那天说的话，后来的旅途穿越万里，却唯独没有去过青海湖，把那段记忆甩在身后。

离开江南，也忘了度日如年的折磨，你何时与青海归来成了未解的谜，所谓的惊喜都是你旅途中所闻乐见，终于相信每一个故事的发生都是命运设置的点。多年后，从丝路的起点打开重逢的门，辋川河的一滴水也因寒结冰。我在追思，那时的雪峰有没有一个少女用洁白的哈达披在肩上，所有的牵心牵挂已不被西风承情，这一年的雪覆盖烟雨，怀念却遇上了梦魇的嘲笑。那年的江南，你用一杯龙井还我春天，今天却在回忆中退场，这样的心绪你能读懂，时光中亦没有芙蓉如面柳如眉的骄横模样。此时你在天涯，更没有天涯礁石前与幸福牵手的合影，那年关山万里的行走中，缘分被雪山阻隔，青海湖的山水彻底失去怀念的原色。一句话的争执输赢已定，从此不再被边城的景色撩拨，贫瘠的生命需要水的润泽，我们在尘海捞起各自的幸福。那一场离去未必就是伤心的颓废，无数个天涯孤旅避开那个字眼，时光里隐秘的教训在告诫时封口。

一直在想，2000年前的汉朝在长安的起点上留下多少故事，你从青海回来后，一城冬色也引不来你煮雪烹茶的表情自如。眼睁睁看着那份情被宿命推翻，高堂下的红烛也照不亮你的发丝，莲花簪不再属于你头上的装饰，埋在岁月里的脚印蜿蜒在城南。回忆跌落在尘埃，一把牛角梳折断之后，我失去了所有诉说的机会，千里之外的故事无人再听。后来点滴的故事捋清因果的轨迹，在你走后的日子里，枉自把酒问天，江水隔了你的过往，也终于放弃了十几年间等待。

总有一天，曾经固执的一切会在悔恨里明白，感谢那年边城上的一湖寒水滋养你告别的勇气。其实有些离开无须挽留，严歌苓说：终究要失去的东西，不如主动失去！谁的爱缄默无言，在失联的距离无视别人的担心。远去的背影无法拉回，青海湖的雪水也不是酿酒的沉醉，将一坛女儿红从冷土下挖起，地温的暖也可以温暖岁月。黑夜蛰伏的心不再有那年的薄凉，痛的是等待，醉的是希望，青春时心怜的酒酣化作一醉，多年后，我已认不得你归来的模样。

18年的封藏不与你同饮，当年瀑布般的长发卷起烟云，如今开坛的手亦不是幻想时的素指纤纤。这盏女儿红终不是雪山下那碗青稞酒，不知道是谁醉了谁的时光，把许下的地久天长在无奈里淡忘。三千弱水，无论流在那一处，也漫不过回忆的堤岸。

遭了相遇的埋伏，窗外的雨如同春的呼唤，你绘下的唐卡装裱过历史的记忆，细腻的勾线却连不成地老天荒。那年七月，你留下最后一张照片，寒风吹过江南的城，那片湖泊仿若一面云水镜，为你离开后的雪颜验妆。

内心栽植一片防风林,青海搁在梦外,季节透着帘帷的遥望,推开窗外一夜的寒意,诀别后的一次挥手,有人用雨的柔意融化西天的寒冷。梅开朵朵,寻一点春红约个早来的春天,那盏佛灯,只为一个人点亮。

时光,负了少年,如果多年后不再想念,那时的一盏心欢丢给时间。人前身后的笑容,彼此无关!

第十二章
乾陵无字雪有痕

先民的遗火点亮黑暗的眼睛,穿过历史的断壁残垣,一生一世一双人,半壶酒洒在关中。无字碑上的冰凉,陕北窑洞的灯光为谁践情而来,散发的墨香写不完儿女情长英雄气短。

雪落在那个冬天,从咸阳一路向西北,梁山脚下气势磅礴的女皇陵地表上大量石刻在风雪中屹立,神道两侧的无头石像用恭谦的身姿列队欢迎游人的到来。我的疑问是谁砸掉他们的头颅?

是后世外侵者的所为,还是因为村民的愚昧。

关于武则天的奇闻轶事在诸多传说和传媒里家喻户晓,一个女皇的形象在很多年前被彻底颠覆,对于她的认识很早,来自于唐诗里的一首诗歌《如意娘》:看朱成碧思纷纷,憔悴支离为忆君。不信比来长下泪,开箱验取石榴裙。

这个以貌绝天下的才人,以其独特的柔媚博得太宗欢心,又用计谋篡夺了李氏天下,成为中国历史上唯一的女皇。我不知道这首诗在什么样的背景下写的,却在时光的影子里看到那个少女红唇被点、金步生莲、长发在未挽之间,绝世风情又成为谁的等待。

千年的神道还在,包括旧时的记忆也寻了历史而来,松柏披雪,六十一蕃臣依旧毕恭毕敬,旷野无人,腊月的寒气更重,这样的季节除了清寂,也能把秋天的落叶深埋。只是我不知道春天的踪迹能否在他乡的深冬可循,乾陵的夜谁又举一壶残酒看明月松间照,更无人知道为这趟西部之行和探索的历史,我整整在江南盼了十年。

徜徉在旷寂的黄昏,梁山三峰高耸,乌水环绕,偶尔有觅食的鸟飞过，惊了一树雪球。在无字碑前站立，脑海中闪过的还是那段令人争执不休的传说：14岁入宫到改嫁李治，那样的年代乱了纲常的行为让天下臣民如何接受？尽管她睿智多才，也心狠手辣，但是她在历史中的功绩却不容抹杀。那句"憔悴支离为忆君"的君是李治还是谁，已无法考证，但历史总是走不出一个特定的规律，到她晚年豪奢淫乱也断送了大周朝五十年的江山，最后还政与李唐，葬于乾陵。

地宫下的王朝化为泥土，却无人猜想她可曾在晨起时笑问李治画眉深浅入时无。臃肿的高贵挽不起少年翠袖，剪烛的双手熄灭了盛世烟火，到清寒时节，也只能在另一个世界感受孤独的凉。

站在梁山看乾陵，这座历时20多年建成的陵冢气势恢宏，奇怪的是为什么汉唐的皇家陵寝都喜欢仿长安城的建制，是想把生前的荣华富贵在死后延续吗？走过537级台阶，道路的终点是唐高宗乾陵墓碑，可惜原碑在战火中毁坏，眼前的这块碑是乾隆年间重建。朱雀门外司马道东侧高耸的无字碑浑然天成，八条螭龙缠绕中间那条巨龙，鳞甲分明，生机勃勃。这群挺拔的山峰北高南低,被风水先生认定为梁山有利于女主,武则天选陵于此作为万年寿域,可见她眼光独到,而碑上无字给后人留下无数猜想。是真的如史书记载的那样武后自以为功高盖世非文字所能言,还是知道自己罪孽深重无以言表呢?也许一块无字碑倒是明智之举,功过是非让后人评说才是最好的选择。

历史已经无声,这位一生动荡却又充满争论的女王在她死后一千多年的时间里,人们对于她生平以及传说依然通过各种褒贬的形式来戏说。站在无字碑下,我看到了陵墓的宏大,却读出了碑上无字的痛楚,历史的隐痛总是难以痊愈,高宗在合葬的地下如果有灵,他是否能原谅这个一生充满传奇的女子对李氏王朝带来的伤害。为争宠亲手掐死自己的女儿,废中宗李显,直到最后把李氏江山易帜,可谓是机关算尽。再伟大的人也有力有不逮之处,中宗复位后驾崩前的武后还是留下无奈的遗嘱:"祔庙、归陵、去帝号",还江山与李氏,一代女王就此归于尘土。

在那一次独行的途中已经少了"万里归来年愈少,此心安处是吾乡"之感慨,我惦念的那片土地上从汉陵到乾陵的路已经走了很多年,漂泊的灵魂始终寄托在远方,家却定格在一双遥望的目光里,或者说那时候家就在行囊中,背负着梦想和艰难。其实历史永远是一面明镜,我们在和一处遗址的对话中穿越时空,封土下的亡魂远离争斗与繁华,可现实的海誓山盟已冻结在冰凉的唇角。回望前朝,有多少血雨腥风就有多少肝肠寸断,无论是深宫还是市井百姓,凡尘和地冥只隔着生死间的一寸黄土。也许我还会回到那片令人魂牵梦绕的土地,而世间的暖凉,只有三月知晓。

第三卷
带你私奔到岁月的尽头

在岁月的尽头等你,如果你还是一如既往,那么,走过的路上再多风雨也不能阻拦,希望的目光追逐行走的背影,有你在,就是地老天荒。

第一章
活着，就要幸福

愿意在寒冷的季节去听梅看雪，走过这几十年，才知道流浪是一种能力。不顾所有，没有无奈，来一场说走就走的旅行！

你走的时候，雪还没有来到这里，只有一层霜覆盖在路边的野草。清晨走过那条小路，鸟的脚印在荒地上留下几只稀落的痕迹，黄昏到来的时候看山林远村，真的有点日暮苍山远的味道。那天的虎跑泉下，面对苍山冷泉，心底滋生的幽眇和远去的背影融合在一起，在冬天来临的前夕生出离人的苍寒。

走在落叶的山路，忽然就想到了那样的诗句：日暮乡关何处是？乡关万里时人在天涯，岁月的路上总有一些离别随着唏嘘走完青春。我们都在青春岁月中漂泊过，也在生活面前放低了梦想的高度，有的人停下脚步，有的人收了心，归聚于平常的烟火。走在异乡的日子，静谧的夜晚总是喜欢用零散的词组合心情，把生活的况味着附在孤独的灵魂，诠释对明天的希望。这里有你的影子，是宋词里走出的女子被爱情认领后的明媚，所有的低回婉转是后来梨花满地。可我知道千山万水外的城市韶华易逝，烟雨泽润的容颜被时间一点点风干，连那把轻俏的伞都失去了原来的鲜泽。

文字改变不了爱情的原色，人心才是最暖的风景。离开江南的那座城市，被冬天征服的色彩只是眼里看到的寒索。有些人很难发现枯草折服中暗藏的生机，听说爱情来过，惊喜的心在号啕的告别中勾惹了夏雨的磅礴，秋窗无风自动。随着年龄的增长和岁月的更替，长袖长发长相离似乎成了应有的规律，一句念情，一句问候的心疼没有呼天抢地的告白，所有离别的无辜怪罪于命运的多舛,在远方的问候里一言以蔽之。梦里的情结碰不到爱情的高度,似恋非恋的情愫,到真的误导过目光的走向。

那时的冬天,曾以为就这样过去,书页上触碰的思绪却有肝肠寸断的回味,很多醒悟是独特的自语,搜肠刮肚的词语释放心骨里的酸楚。也许离别的滋味不分年龄,时间和思念的交锋中,时不时拉上回忆来垫背,一旦青春入了时光的腹中,嗅觉中很难分别出爱情的酸甜苦辣是心甘情愿还是无可奈何。强装的笑容只是为了证明自己的坚强,却无法掩藏目光袒露的点滴,每一篇记录的文字都是追忆时的导航仪,却走不出一撇一捺之间组成的迷宫。

记忆一旦被撩开,心就不受约束,生活的结构缺不了爱情的框架,相遇的玲珑配置成婚姻的高端。很多人相信有一种眼神带着无法抗拒的杀伤力洞穿柔软的心,独活的青春被爱情收留,骨子里的腼腆丧失了羞涩和高贵。活着就该幸福,但是追求幸福的能力却不是与生俱来,那些一见钟情和山高水长与时间有关,在错误的时间遇见对的人就成为自我的嘲笑。每个人都有目光失准的概率,相遇却不能相知,还有相似的冬天转身挥起的销魂掌一下就把缘分的词拍入冷宫，把温暖扫进风雪，梅花再香时，挥舞的长袖且作歌吟。

你来的时候，还是冬天，思忖人生相同的故事，不用掐指算流年，光阴里的容颜就老了。曾嗤笑别人的忘情，自己却把身影流放在十字路口，执着的迷茫里开辟的未来倒是今天单纯的唯一。我们败给了命运却不会败给时间，行行走走的犹豫间总会找到自己的景色，生活的角色每个人都在扮演，可这点三脚猫的功夫经不起华山论剑的铁血无情。躲过柔情似水绕不过佳期如梦，在忽远忽近的恍惚中这点智商还真的不堪一击。

还是选择春天的记忆，有一种暖总能消寒，九九八十一天的等待把百花入茶，唯独不敢用罂粟的华妆扮室内的冬。三粒石子一盆水仙，水殿风来暗香满，不敢试问西风几时来，流年暗换，元夕的灯影偷换少年的憧憬。避开沾了鹤顶红的利剑，还有一份爱在相处的分离中等待姹紫嫣红，讨春的楹联贴在熟悉的门楣，一树梅香倒也是冬去春来时平和的景观。

世上原有的无辜无助暂且放下，所有的善良都在对等的条件下成立，装傻与精明，糊涂和睿智倒也不是一个词能写尽，有的诺言就成了担负不起的忐忑不安。我做不到冬雪连天狂风漫卷时还说花开正当时,也不能在丁香树下看你水意柔媚时说一句天凉好个秋。岁月的枝蔓需要一把剪刀适时拿起,日与暮的遐思走不出初遇的殿堂,很多冷暖,就是季节给予的昭示。

重情因为重诺,痴情重爱是因为相知的相从,新年的第一天很多人都在说着千年的祝福。悬在酒杯之上的七分心境只有你能懂吧,三分温暖等春来注,那年告别的风散尽酒香,再等花酿。

不写迎春的贺词,断弦的余音还在,在空旷的原野等着一声回应,曾经的各自天涯成为孤冷的清绝,只能在等待的二月烘暖旧时情境。一个人的冬天等得太久,当你把重逢唱得泪流满面,我知道你没有走远。那时,有一首歌叫"十年":十年之后,你还是你,我还是我,感动的珍爱留在今天!

第二章

春风近，冬寂冷无声

乌云压城，寒风漫卷，南方的秋在北国已是初冬的寒瑟，厚重的帘帏阻挡朔风的侵袭。这个黄昏，捧一盏茶围炉而坐，看着手中氤氲的缭绕，思绪飞向江南。

谁是灯暖，照亮暮色后的黄昏，谁是阳光驱散黑暗的黎明，期待与失望的交替是生命必然等待，红尘的等待把相遇的华盏捧在手上。岁月如烟，转眼就到了深秋，看木叶凋零，红藕香残，古城的秋绝不是郁达夫笔下的那般诗意，西风卷枯叶，伊人独守望，暖暖的炉火可否照亮你心中的悲凉。坐在整洁的书房里触摸往事的风骨，那个明媚低调女子可有思念的泪模糊了眼前的期盼，灵魂在午夜升起，随着南下的寒流渐渐远行。

停留长江边夜色下的城市，心同样笼罩着一股浓浓的愁绪。是不是我太在乎了，所以每次离别的瞬间都有那么莫名地烦躁，清梦三千，日子慢慢开花，心底滑落的叹息听不到一点声息。闲愁淋雨，心灵和岁月发生了碰撞，人海中的相遇如同月色江湖下的惊艳，一起分担人生的喜怒哀乐。

能忘却的都是不能重逢的无奈，记得我说过：回忆是对自己的残酷，幻生一道难于灭绝的风景，痛，却难以割舍。如果时间能承受爱情的重量，枉然的思念能挣脱精神的桎梏吗？心若动，已是无言泪千行！时间在轮回里不动声色，临行的晚上，留恋里的不舍剥落了所有伪装的笑容，婉转的嘱托，温润了心扉，模糊了双眼。

有一首歌从黎明唱到黄昏，车行驶在沿江高速公路上，空中开始飘落着绵绵的细雨，思恋的纠结在眉尖涌动。客居这个城市的夜晚独自静坐，面对窗外的一片苍茫，心绪在空蒙蒙的夜幕下闪烁。暗红的烟火在指间或明或暗，如我晦暗的眼神。在这个秋雨绵绵的愁暮，相思散落一地，心念处，你婉约如诗。

渴望生命的饱满，用梦一样的文字随心所欲地宣泄生命的多舛，缥缈的思绪、曼妙的心音，在指尖演绎着人生的变幻，把没有尽头的路程缩短。雪在烧，孤独和快乐酝酿出一种独有的心情，从心动和心痛，从失望到希望反复的蹂躏。笑看苍生，也许该去的都会去，该留下的永远在你的身旁，对于爱情的真相不用猜测，时间真是最好的良方。

泰戈尔说：我们看错了世界，反说世界欺骗了我们。想你远方的笑靥，独行的脚步可曾听见淅沥的雨声，垆边人似月，皓腕凝霜雪，今夜的你从江南无声无息地走来。生活里很多事情，就像这雪润物无声，却慢慢地汇集成心底欢畅的小溪，流淌成岁月的欢歌，浇灌着干涸的心田。

岁月的拐角，风吹起一幅骄傲的画面，我们的故事就这样被沐浴在风雨里，有骄傲，也有坚持，更是相识的欢愉。听着思念的老歌，平息着灵魂深处暗涌的潮流，渴望穿越你的长发是我的手,说着携手同生的虔诚,天涯亦咫尺……

悲伤总是无由地浮起,思绪从深秋的季节里穿尘而过,落满一肩的憔悴,梦,是离枝的黄叶、疲惫的飘荡。红尘里,真的可以有你爱的港湾,让太多的故事写满生活的阳光。时间用永不泯灭的精神在轮回中穿梭,谁又能够挽留含苞欲放的青春,任苦涩的相思挽留揪心的惆怅。生活与你欣欣向荣,在修行的苦旅上翘首等待,盈盈花萼,漫漫长夜你不在梅边,枕边的暖开成一季素年。当我们置身于暗香浮动的初冬怀揣着暗香,季节也变得不再枯凉,熟悉的故园一支梅色倾城,凝在唇边的笑意是花的绽放,在天空留下春天的痕迹,伫立在遥远的江南。天涯有阻,一生的枝节繁衍浪漫的花事,当缘分拆解在竹门外,怎样的承诺才能坚守那份遥远?用温暖的心醉陪你在红尘中唤醒芬芳的旧梦。

把一生的等待永恒,思念也会惊动半夜的凉,你还是在书香中沉湎的女子,把爱情缠绵成绝世的完美。幸福是每个人与生俱来的呼唤,当年华从指缝中滑落,曾经填满内心的深情不会在悠长的流光中逃离。如果生命是季节的色变,记忆中积累的花期会在落叶的晕黄里喷发,用尘色和血脉写成独一无二的传奇,从此记住青春的名字。

浅浅的低语在花瓣上诉说，谁在如瀑的长发上印满唇香，酒温初试，一杯清酒可是温暖的培植，用展望之姿追随四季的风向。这年的梅花驱散过往的冬寂，这碗酒将容颜映成三月的桃花，用倔强谱写一首歌留在吟哦的唇边。原来，缘分是三生石上的约定，幸福才是深藏在冷漠外表下的沧桑。

看过长河落日的壮观，走过江南的曲院风荷，一路漂泊，在尘世里慢慢寻觅。童心里的花田从未因为寒冷而荒芜，倚窗听雪，看秋水苦渡，一袭青衫写上似水流年的传说，踏破一季烟尘，了却半生痴愿。

青春美丽如初，而有的人却空耗了半生的等待。凛冽的风吹开朵朵梅雪，瞬间便感到扑鼻的香。天涯之外，锦书难寄，临窗弹雪，缤纷在指尖起舞，相聚的社稷是征杀后的情到深处，叹沧海横流，桑田依旧。

总以为放下所有的惦记就不牵俗缘，找到温暖的地方心就不再流浪。有谁知道，思念总以一场难以忘却的形式来祭奠，点缀生命中无法抹去的记忆。还是将怀念写成冬天的这首诗吧，想着在清明雨后的杏花村外，一坛酒醉了牧童的短笛，春天的一抹飞红恰巧落在行人的眼中，陌上归人把山水的曲调重新谱写，在冷暖的时光拟定又一次行程。

第三章

眸间晴暖有谁怜

当你老了，就取下那本诗经，跳跃的炉火说着冬天的故事，柔和的眼神多了昔日的柔情。岁月的阴影就在身后，把沧桑埋进皱纹。

好不容易等到春的信息，在枝头含笑示意，在红光隐现的黑暗中，低头的心事温暖一个人的午夜，有一枚星子还在闪烁，在窗外等着萤火虫的到来。我们拥有朝圣者的灵魂，把舞动的青春停留在秋叶上,一棵开花的树长在经过的田野,在乡村的夏天停留的身影,无论是弯腰还是回眸,都成为今夜温暖的思索。

秋意留在十月,烟色点缀秋叶的黄,阳光穿透的树林一叶遮目,也看不到镜头的参数。许你依靠这份坚硬的枝干,如同那年宽厚的肩膀在你的身后支撑未来。生命的地平线上,你是永远的地标,无论是江南小桥还是塞北高原,有你在的地方,就是温暖的定位。

青春的日记写过你的名字,当我们一读再读,从夏天就走到冬天。夜幕灯火下有一句话小心翼翼地念出来,曾经绽放的热情被秋风吹落,抖落了一地期盼。

最初的喜悦在流浪的征途中萌发,怀念总是在某个雨夜悄悄走近,如歌的行板落在古老的小巷。多年之后,我们在北方的高原极目远眺,凋谢的花季和远山外的云影如人生变幻莫测。重逢在旷古的风中,你轻盈如月,长发飘飘,那年,北方的浑厚和寥阔留住我的身影,枫树林中全然是你的笑意相随。微寒的日子镶嵌着初冬的轻雪,西行的路上踩出一条坚韧的脚印,季节跌宕多了聚散的平常,阳关外的风沙也吞噬过春天的痕迹。

如果，这也是信仰，就让追梦的脚步不再停歇，被北风吹疼的面颊多了几道沧桑的痕迹，越过铁马冰河，咸阳宫外的雪侵透御寒的冬衣。只是时间走到了今天，记忆近在咫尺，每个昼夜已看不到当你走来时起落的足印。这年的冷遍及南北，冰凌挂在灰瓦屋檐下，与你相隔的春天实在太远，看不到一张等候的容颜。

重新回顾我的北方，重新敛起的记忆在新年后梳理，被雪覆盖的荒原上，山南菊也萎了身。天寒地冻，新栽的梅有了破寒的春意，整整一个冬天，默写的心经支撑多年的信仰，下一站的行程标注新年的台历。在一本本日记里寻找遗忘的路口，一座古建筑外的老树都是寻你的地标，点点声息被时间压制得太久，透迤的字行圈定去年今夕，却看不到扬起的额头布满浅浅的沟壑，连目光都深若寒潭。

青石小巷，古朴的街道呈现江南的诗意之美，镇口的老柿子树下，消逝的故事在今天得以伸延。再一次走进北方的小镇，即使时间无情倒也心满意足，杏花烟雨的美是冬后尾随的春意，斜风细雨的心事被一壶新茶按捺。离离原上草从落叶深处冒出新芽，和我一样突破寒冷的禁锢，相信这次远行早剔除了青春的冲动，只有喜悦掩饰离散后的欲语还休。过去的伤感不再体验，附在旅途上的信仰成为对梦想的坚持，拥抱生命中最初的完整。

当你从小巷走出，被岁月养大的真情多了一分柔骨，信仰是理想的护身符，双臂环绕春风的微笑。所有的艰难都交付给离别的苦楚，太多的孤独就是季节的留白。尽管青春被时间瓜分得所剩无几，成长的代价需要每个人来承担，落在枕边的白发提醒流年的匆忙，一段段风雨兼程枯槁了容颜，却有暖暖的疼轻护呵怜。

这是心中平行的风景，随着季节的更替留下惊鸿一瞥的刻骨铭心，生命的阶梯次次攀越，盘踞在内心的风景修复过原有的衰落。守着信念，无声的诺言，余生中心如止水的平静滋润不肯老去的青春。

还要说起那时的路吗？相遇藏在浅淡的微笑，认取的青衣是几十年来目光的沦陷，天人合一的风景始终是那扇木窗下站立的姿势，一个个片段是连绵的群山，是目光对视的迷离。站在同一片天空下，那枚雪花可当作春天的信使落在日暮黄昏的巷口，融在含苞欲放的梅瓣,聆听阳关内外渐近的驼铃。

　　入眼的风景隔着烟柳,尘颜上的晴暖在眸子里安放,信念驱散孤独的茫然。梅花开了,冬季里唯一的艳色点缀今天的荒凉,无边风月搅动青春的浪漫。虚实里辨认的容颜泛着阳光的色泽,驿外断桥边迎风飘动的丝巾,柔软了一个世纪。

第四章
谁将春红一点,伴你雪里红颜

大雪到来前,北风显得更凌厉了,已经光秃秃的树枝被风拉出了弦音,呜咽着像箫声在空中低徊。湖塘的荷早收了青绿,将粉色藏进季节的尽头,蒹葭的清霜附在芦花也叫清绝,那一池寒水,冻结春秋的风姿。

很多冬天你一直没有回来,似乎和那年的景色一起停留在夏天。冬天攻城掠地,梅花按照时间设定的顺序露出花苞,以火红的颜色来迎春，在肃杀的雪里绽放，春红一点撞破冬天的囚禁，伴你雪里红颜。

冬天的小筑内暗生春愁，村前深雪里，昨夜一枝开，思绪绵延到汉宫的烽火台下，飞舞的雪花熄灭了远古的狼烟。本已斑驳的高原除了一场雪还大地以清白，我却找不到残旧的古城和荒芜的驿站，那支梅开在江南，开在驿外断桥边，三两盏琥珀色的酒和一卷诗书便打发了寒冬的寂寞。在我的印象中，边城故都除了胡杨和西风构成的画，踏雪寻梅的心还是留在江南。读到刘因"观梅有感"这一章引发内心的共鸣，窗外风吹梅枝的屋檐，瞬间显得婉转。

曾在额济纳的胡杨林擦肩而过，倚在玉门关残缺的隘口，再望江南时人已走远。那时故乡的梅花在风雪的催发下迸发了鲜红的颜色，远比北方胡杨金黄的刚烈和戳天的孤傲温婉得多，那时候我们都来不及滋生一些愁肠，艰难与跋涉的生活中更少了诗情画意。只是今夜，如梦如烟的往事摇曳悲喜的色彩，借着月色抚摸酒杯的温度，一树梅影恍若你的容颜。合上案头的书页，遍体鳞伤的病梅是靠什么样的力量支撑她躲过一场场风雪，荒漠残堡外的胡杨和古镇口的柿子树陪你生活了几十年，唯独缺少一株梅花点缀冬天酷冷的荒凉。

外出几天，院子里的蜡梅也开了，古人说：有梅无雪不精神，有雪无梅俗了人。江南少雪，赏梅的心境更为少了你而遗憾，偶尔有薄雪凝在梅朵上，迫不及待地走近凛冽的风中端详春红一点。离开北方多年后，倒下的胡杨和历史一起淹没在记忆中，无数次想象孑立的柿子树上被冻僵的柿子在雪野上醒目的红，那条围巾漫出眼里江南的盛景。诗中寻找你的气味，在思绪里寻章摘句，捧一盏女儿红，归拢被风扯碎的记忆。

曹雪芹在红楼里感叹的心绪移植到今天，还有一些共鸣随心境偶发：冻脸有痕皆是血，酸心无恨亦成灰。把被鸟啄食的柿子和残红相比，我们在诗人的情怀里建立自己的精神家园，围炉煮酒等着春天，迟暮的脚步跟不上岁月匆匆。恍惚中，每一季枯荣与重生都是芳华易逝的蹉跎，生活的况味不仅是有酒有诗有梅花，还有我故都外跌落的驼铃和风化的城堡。从渭河到河西走廊的春秋四季，脚步踏起高原上的尘烟，耳中听着岁月的清音，嘴里吟哦先人的词句，唯独你留在异乡小镇，迎着掩藏在记忆的风，用心底的温暖融化一抹春寒。

　　一个冬天毫无声息地会走到春天的门前，很多日子，我和秋虫一样蛰伏在冬天，等惊蛰后的一声春雷唤醒沉睡的记忆。雪从今夜落下，你期待的梅景会在案头开放，在记忆和现实之间，我们中间即使隔着一条历经沧桑的古道，耳熟能详的诗词寄托过明天的希冀，却把思念浸透在古朴的枝丫。将摧心裂胆的风雪留给自己，只为那温柔的一眼，就等到了整个春天。

　　喜欢冬天，只为那一点红的追逐，空白的大地就变得有声有色，让冬天不再萧条。和梅园相比，居室中这盆梅花倒也成为某种寄托，可以在你目光遥望的时候用图片弥补你内心的缺憾。陪你看过山寺桃花，却不能听到梅瓣拆开的声音，梅的家族，我独喜20年前那株如血的红梅，仿佛在她的面前就忘却了萧寒时所有的孤冷。三九天，薄雾苦霜笼罩公园的小径，远远看去附在半空的梅花只有一抹红色才是春天的指引，褐色枝干如同生命的傲骨支撑整个冬季。只有白梅隐约地和雾交融在一起，多了似梦非梦的苍白，如果有白衣女子行走其间，幻生的画面让人不敢相信眼前的景象到底是虚，还是实。

"雪里已知春信至，寒梅点缀琼枝腻"，清晨起后看着簇簇花苞在枝头悬挂，提醒着一场花事的盛开。这样的冬天尽管少雪，仍不影响梅红贺岁，渭城朝雨染上你的衣襟，提着那盏白纱灯，只待你踏雪而来，与春天相认。

等你归来，还你千年梅花开，在江南品晓风残月。从李易安的词卷里出走，抛开诗句里的离人泪，从孤山走向断桥，错落的梅林就隐逸在身后，轻烟薄雪外的万点飞红，相伴今生的雪里红颜！

第五章
蝶梦

忘记了内心最初的悸动,回望前尘,熟悉的记忆蓦然让人心跳不已。偶尔有拨打电话的冲动,却又缩回数字键上无力的手指。倩影披三千柔丝勾人心魂,一切重复多年的梦境,在今生隐现。

爱上那双溢满深情的眼神和痴痴的心语,从此坠落于红尘,刻骨的牵挂、铭心的温柔,当最后演绎为陌生的呓语。一次次告别如候鸟的迁徙，约定成了杳渺的空信，原来，相聚的时光真的不是一生的容纳，所有的不期的遇见，只是一次擦肩而过的凄凉。

一帘幽梦嗤笑感情的信仰，剪烛的灯影辉映着青春的呐喊，在爱情的路上，没有人虔诚到为了爱情岁岁卑微的地步，零散的秋风卷起时过境迁的尘埃。秋风扯下花开一季的悲凉，惆怅地离开边陲小镇，潸然泪下，晶莹中泡垮一座欲筑的围城。

雨，潇潇而下，困住了停泊心湖的归帆，旅途的驿站不再有你迎接的眸光，记忆里凄美的童话是思绪摇曳起归航的扁舟，一同离开黎明前最后的黑暗。撩人心扉的思念却生出离愁别绪，在长歌当哭的黯淡里消逝在布满结局与回忆的书页间。岁月沧桑，午夜梦回，我不知道究竟用什么样的准备迎接那场无言的结局，只有安静地，安静地——回望江南。

轻舞的雨线挂满了天幕，将浑浊的思念融进暮色，任一蓑烟雨醉入夜的温柔。寂寞若空心的湘竹，月缺月圆时一颗心由盈到缺，从柔软渐成空洞。在清辉的涂抹下，不曾看透目光里结局的潜藏，梦作云烟，声息影绝。从春天走到秋季，红尘中得失始终没有看透，行歌慢板留在时光的影壁，谢幕的唇都少了散场的告白。万里追逐留不住芳心似水，渐行渐远的足音已将尘缘镌刻成绝世的怅然，那一抹凄凉的失落，无法补偿。

那年，一样的风，一样的秋雨绵长，惠山公园幽深小径第一次牵起那个叫雨蝶的女孩。握在手中的温暖是怎样的柔情？红霞漫飞在她的脸庞，青春的遐想灿烂了旖旎风光。很多次找出与她相见的理由，直到走过边城的十月，爱无法和现实争锋，那个名字成了每一个细节里留存的温暖。

此刻，静静看着窗外的雨，轻柔宛转的细雨中，有多少次曾经共倚木格轩窗，静静聆听雨的诉说。十年间，除了多年互不往来的倔强，任凭那无边无际的雨淹没思念的情丝。今夜，在这蒙蒙细雨中初冬，人却在异国他乡。

不能再爱，许是怕那些记忆的脉络丝丝缕缕的不堪承受又湿了青衫、悴了颜容，湿成一生再也无法抹去的斑斑泪痕。密密麻麻的心事弥散在空气中，合着一曲曲我们一起唱过的缠绵老歌，流成一滴滴泪轻轻地安放在心底。是该继续守候？还是就此放弃？很多事情，似乎注定了开始，也注定了结局，流年慢慢地苏醒，翻开所有的故事，我们的过去转瞬沉淀为一个美丽的传说。

雨声中，传来《梁祝》柔婉凄清的缠绵，谁家的不眠人，也在播放着哀婉的思念？

长笛唤醒归途，这首曲子还流淌生死与共的诗意，彩蝶蹁跹，弦颤的清亮在夜空里回荡，穿透夜幕的黯然。一种不可言说的心碎在心中抖动，婉转的旋律重现了两情相悦的欢畅，只羡鸳鸯不羡仙，是几世的遐想？尽管现实是一段惨烈的变调，但如何挽留着惊变前的欢乐时光！一如我们初识的模样。

调过的弦已经变调，曲殇，情荡，石破天惊，相遇的目光被天涯斩断，青春的眉黛画不出期待的明朗。红尘错落，临别不语，心弦的哀鸣剩下了心碎，白色的羽翼飘散在冷漠而古典的夜空，莫名的痛弥漫在回忆的眼眶。

圣诞的烛火照亮远方的面容，烟火丽影不再是单栖的孤寂，爱情，是世人不能承受之重。千年的沉重如果担压在一双轻舞飞扬的翅膀上无奈地折落，过期的约定也只是讨个有梦入怀，那些年关山万里的行程如今早已停滞，多年前的信誓旦旦如同落雨飞花,被宿命笑破。

那时候,寂静的月色下曾和你一起叹息这梁祝的凄凉,传说中依然留下你转身的忧伤。尽管美丽的传说已经被演绎成太多的版本,但我的泪水依然一次次滂沱在心间。爱与被爱如此地艰难,三年情感抵不上一本护照,离开后你音信渺茫。

细雨中,你还在异国的花丛中蹁跹,故乡的秋荷却折断在冰凉的湖面。曾好奇地询问你名字的由来:下雨的时候会有蝴蝶吗?否则,你的母亲怎么会给你起了这般富有诗意的名儿——雨蝶!雨中飞舞的蝴蝶擎雨的风骨又是一种何等的景观。沾衣欲湿的杏花江南,青春陶醉在斜风细雨,雨蝶——我生命中的蝴蝶,你不应该出现在那年的细雨清风中!

薄薄的雾,细细的雨帘也过了敲窗的季节,雨蝶是雾中的仙子还是梦中的新娘?你的顽皮与浅笑尽情在雨中盘旋舞动,如今只留我一世情荒。

爱情是一本永远不能参透的经书,冬天来的时候,思念开始结冰。人不惧老,水不惧寒,人的一生里最重要的东西又是什么?当你自以为深爱着的时候,风花雪月只是红尘的料理,却经不起现实的摧残。

收起那张梁祝的碟片,生命绕道前行。在后来行走的异地他乡,不再提取那段名曲中至悲的回味,远去的琵琶声变成一抹烟尘,从心里抽出的情感被时间无声地屏蔽。走过一年又一年,起初盼顾的惊喜渺如烟痕,山水一程,受伤的惊痛是复原的欣慰,还有对生命和万物的理解与释然。

弃了等待,弃了期盼与坚持,更弃了寂寞的心。多年之后,青春只是一枚苦涩的青杏,薄情是一把伤人的剑,结果既如此难求,便不再苦苦挣扎。留在你的彼岸,一个人走过岁月的风尘,当另一种温暖滋润干渴的心灵,在温存的往事拈花一笑,不再奢望天荒地老的承诺。总有一份爱抚平日益增长的皱纹,干裂的手敲打出娇媚烂漫的春天。

走自己的路,渐渐地回归梦想的征途。逃不过昙花一现的宿命,从感情枯萎的泥沼里脱身。如果青春是绽放过的绚烂和激情,任你擦肩而过,不再惶恐。花开花谢,月缺月圆,一个轮回延续了尘世的生机与憧憬,在情怀如烟的梦里,绿荫填满灵魂的荒原。那些时光铺过相同的月色,但不会在记忆中打捞疼痛,年少的伤痕在浸满风霜的故事中,与你分享。

"落花人独立,微雨燕双飞",雨蝶,人生苦短,今生有憾、在红尘的错落中,我许你一世欢颜!

第六章

带你私奔到岁月的尽头

青春留在身后,相遇的美梦一直没醒。想带你私奔到岁月的尽头,穿过山的屏障、海的阻拦,让生命的光辉散发到极致。

走向光明的所在,便拥有创造未来的勇气,尽管有些不圆满的结局等着我们,还有一声温情的问候消去生活中的无可奈何。改变一成不变的生活模式,撰写的故事中隐藏不为人知的忧伤,阳光正好,日子和青春一样明媚,你从记忆深处走来,用时间换空间,把一双从未放下的手握紧。从青堂瓦舍到江南塞北,无声触动的情怀柔软过等待的心,秋风浸透了红叶,白雪融化成春雨,时间之旅的驿站点燃起相遇的灯火,风中夹带的响声似边陲的号角,如南国吹起的海螺,从遥远走到今天。

今天,江南的情愫已经被风冻结,蜿蜒的山溪在北方亦凝固,这一刻,仿佛自然界再无其他杂音。相信世界不会亏待每个努力的人,事业和爱情都如此,从梦起始的地方出发,走出去的路才是路。岁月的长河中,有些结果对我们并不重要,重要的是过程,拒绝不了平庸,达不到高尚就拥有普通,应有这个胸怀。此时,对你说起冬天的故事,多年前的叮咛犹在耳边,烟雨江南是不能放下的思念,北方的那场雪已经成了无法释怀的渲染。

认识你是在晚春,轻寒迟迟不愿离去,冬天的荒芜被丰盈替代,相约的惊喜在凌晨时惊动沉睡的梦。四月竹林已听不到风指挥的乐队奏起季节的交响曲,少年的青葱被溶解在时间中,青山下几弯清泉环抱生苔的青石。那时,生机勃勃的不仅是一片山水,足下流淌的微凉涤荡喜悦的心,掬一抔水洗去面颊上的燥热,眼角眉梢都有温暖的依靠。端午来临时,岁月滋养的成分是稳健的行走，在月牙泉的七月，那一夜的沙洲冷就用柔情来取暖。从江南到河西走廊，短短的几年中我们沿着内心的指引走过千山万水，遗憾的是，我们在黑水河畔止步，后来的一切便交付天涯。

思念随着时光疯长，贤惠与优雅在分离的日子中成为两地的展示，用诺言划一条生命线，腊月梅花开成顺势而为的喜色，簇簇软红留在枯苍的枝丫，遗留永不散去的青春气息。离别的当年，走过的风景一直停留在归来的途中，从断桥到塞北等到今天的春暖花开，也不枉走过黄沙碧野，越过的关山万里。投入时间的怀抱，接纳四季风霜，每个人走的路都不是坦途，也许，在感情的世界我们的胸怀太小，无法容乃婚姻之外的闲情雅致，这双臂膀只为一个人圈起，相挽同行。

秋去冬来，故乡的黛瓦白墙铺开的画面，唯独缺一角红色方章盖在岁月的空白，收拾好冬的行囊，春风已经临门。我们将压箱的春衣搁置得太久，行走间还背负冬天的负累，在万物迎雪的天幕下，印证了相遇后等待的表情。看你的容颜，是怎样的曾经提醒点滴的过去，如果沉默是一种修行，很多隔了距离的关爱触手可及，暖了冬夜丧失的温度。

多少年后，天涯已经不再是让人生恨的字眼，短暂的起飞到落地，我们已经跨过了冬春的分界线。海之南是今天路上的风景，一直向往的天堂岛真的就是梦想的天堂，漂泊的船一旦靠岸，脚踩着三亚湾柔软的沙滩让人不敢移步。美丽的少女以及采椰子的老人在史料中走到眼前，所有神秘的面纱等着我们一一揭开。

这是远离中原文明中心的天涯海角，在今天已没有谪臣叹天的绝望，长发遮挡了容颜，海风吹动了裙裾，那双眼在人群中穿梭，所有的感觉依旧被手牵起。跳在时光之外将世俗看透，熬过的寒冷昼夜终于走上一条温暖的路，迎着海风袒露被岁月隐藏的笑容，遣散过往的忧伤，所有的艰难被时间慢慢化解。

从南到北，每个人都要走向岁月的尽头，不再说昨天风狂雨骤打碎过壮志未酬，也不必畏惧一个人行走时面对的秋霜孤寒。很多没有说的话不因为时境而改变初衷，牵起手就能得到一生追求的幸福。在时间的潮汐中打捞岁月的沉香，延续生命历程中一缕不灭的香火，眉间藏进尘世的温凉，从而弥补内心不能完美的殇。

总是有人说,心的相依超出了身体的拥抱,从而形成了信念的坚固。走过的旅途中,你在与不在,总是感受到一双目光如影相随。此际,春雨泽润了眉眼的清秀,走过的九曲十八弯呈现一幅春天的画卷。那时,久居的江南青山披上春的彩衣,河流汇聚了山的清泉,几株桃花轻掩竹林外的门扉,你来时,春风不寒。三百六十五个日子垒砌爱的城堡,时间褪去青葱气息,守着梦想,用执着蓄养未来的希望。生世轮回中,目光里延伸的千山万水从天涯绵延到塞北,避开生命中无数的艰难险阻,一直走到岁月的尽头……

第七章

撷半盏时光，叙岁月无恙

四张机，鸳鸯栖息双飞地，半盏时光叙清寂，大雪纷飞，小寒深处，天涯两相依。

城市的雾霾久久不肯散去，雾蒙蒙的天空笼罩着阳光，在冬风搏杀后露出青色的天。遥想去年今日在北方远行的日子，送别的雪铺满黄色的土地，那是唯一净洁的风景，塬上的树、河边的芦苇挂着冷涩。隐藏在城市中一座古寺飘来的暗香吸引着我们，绕过一片红色的围墙，顺着风中传来的气息，一片梅林瞬间出现在眼前。

这是有着几千年历史的古寺，两侧的偏殿对称，正中的大雄宝殿氤氲的香火袅袅飘在空中，木鱼声隐约传来，多了一份庄严和肃穆。碎雪纷纷，青砖铺就的地面一会儿就成了灰白色，因为冷，这座寺游人寥寥无几，从偏门望一眼上香的人，径直走向那片梅树林。北方罕见的梅花是引导春天的信使，多年来一直和你说起的梅花，从诗句中摘出的景致就这样呈现在面前。看着疏梅轻雪，惊讶中流露出羞涩的表情："每年冬天看你的梅开，枉自生了忌妒，原来身边就有梅花，却舍近求远，无数次想象一个冬天你在侍梅，雪飘在身上，还有泥炉上温热的黄酒，不知道你是醉雪，还是醉梅了。"

望着你眼，心中奚落的话被感动封堵，拢了肩膀掸去发上的轻雪："应该还有两把椅子，几本书，用两盏淡酒，抵御晚来风急！"

那年的话至今想起来仍是欢喜，绕着几十棵梅树走了一圈，雪似乎下得更大，走出寺院，人迹罕至的街道只有我们彳亍而行。北风触动你的发，绛色的围巾在眼前随风飘动，转过小巷，挂着红灯笼的茶楼显得格外安静。临窗坐下，两把藤椅围着小小的茶海，琥珀色的普洱飘着袅袅茶烟，馨香轻绕鼻端，入喉的温暖直抵内心，悠闲地听着古筝，心底滋生出隽永的暖意，对视中，侧耳聆听的轻言细语多了离别的嘱咐。三泡茶喝完，颊上的红晕堪比梅艳，一句断肠的挽留，终于没有止住南下的步履。

相机上拍摄的照片记录这一季曼妙的柔情，常常想起那天你说的一切，没有在后来的冬天说起梅花傲雪的景致。没有我的日子，冬天有梅花伴你，身影一直留在那片梅林，偶尔有照片传来，含笑和低眉的心思在北方暗藏了春天的等待，记忆中残缺的风景不再让你嗟叹。

目光追着你的身影走在高原，那场雪从黄河的壶口一直向南，落在咸阳外的封土堆，也落过绽放的梅树上。那时候，关中的麦客藏起锋快的镰刀，捧一壶老酒听高亢的秦腔享受冬天的闲余时光，江南梦里的疏影娉婷地随梅香而来，踏过驿外断桥的残雪，用一双素手在桃花笺上写诗。

那副梅景是回望秦宫时一抹相思，浅浅的雾霾化作江南烟雨，打湿竹林深处的一朵梅花，忘记寂寞开无主的孤独，也眷恋边城外一阵黄色的风卷起的雪沙。小寒来时，被雪花舞乱的星子盈在你的眉眼，唱一曲阳光三叠时的杨柳依依。当冬天终于离去，春风计算好归期，笛声留在十里长亭，漾起今宵别梦寒的旋律。

迎接目光里的生机，听一曲桃花流水，在别样的世界谁能保持初见的心，从古老的烽火台到江南小巷，高原上一束山丹丹花在你手捧的笑容里充满生机，春花般的眼神坠落在怀中，在三九寒天走过石桥，穿越弯曲的小巷，那年临雪看花的羞涩在今天看来依然保持少年的腼腆。走过这么多年才真的明白，深情需要岁月验证，相伴才是永久的长情，这一路山高水长，只因为那份懂的，才成就两个人的地老天荒。

记得有人说过，真正的懂得无须去说，更不必朝朝暮暮，掌心里留下的温暖就是人间烟火。在芳华时遇见，到暮年时白首，深情掩在淡淡的皱纹，平息一场惊心动魄的美丽。

小寒的风少了凛冽，昨天那场雨不经意地下在街头巷尾，等四月小桥上微风吹来，三两枝桃花替代一树梅红，你从丁香树开满的院子里走出，用一世明媚笑看花开花落。此时，北方落雪的时节你还会走在那座古老的寺庙，用笑颜陪伴万朵梅花，白瓷坛装满干净的雪，泡开明前的一盏新茶。

  每个人都有分离，相聚就是最好的节日，在宿命的路上走着，有人忘了初心，生命的旅途中迷失了方向。我相信地老天荒，也坚持白首偕老的信念，彼此珍藏的画面和难舍的情节默默诉说逝去的往事，缱绻了青春的缠绵。这些年走过的路上，用一颗梅心守着岁月的苍寒，用目光迎接归去来兮的疲惫。或者，我们就是案头上彼此不离的茶具，滚烫的真情沾满半盏时光，让清香致远，伴冷暖交替。

  牵手夕阳，才是一生最美的风景，爱情里的浩荡和生活的平常构成今天完整的画面。如果错过的是青春，受伤的才是爱情，我宁愿在沸腾的茶水里化身为一枚春芽，扎根在你少年的心上。

第八章
素时雪色,许你暖色倾城

每个人都有灵魂的守护地,秋光老去,横枝疏影,陌上清寒吹醒一地寒梅。年华里种下的誓言随时光浅渡,向晚的暮色里,长裙迤起雪的痕迹。

也许就是这样的记忆成就了内心的欢喜,相对于时光而言,我们选择别来无恙。在深冬的那场花事中,单一的颜色和大地构成唯美的画面,款款走来的人带着与生俱来的安静镌刻成目光的底片，任风狂雨骤，独自芬芳。

约定和你回到江南，童年熟悉的小巷早已不复存在，就像那些老去的青春面目全非。少年听过的乡音恍若隔世，我想，在离开故乡那些日子，我们都没有放弃过等待。那年走进佛香阁，寺里黄色的宝幢彰显佛界的华贵，雕着龙纹的通天柱散发出檀香的味道，阳光在宝殿投射出金色的光线，燃起的香火增添朦胧和神秘色彩，那样的庄严与绚丽足以让人敬畏。

站在寺院，你说起了故乡的崇安寺，那里有童年喝着八宝粥的快乐，还有大人在膜拜时那一脸虔诚。多年后，随你一起离开故乡的还有青春岁月，以至于这年回到故乡的时候，寺院的梅树已足以支撑一大片夏日的绿荫。看你上香，看你跪拜和默默的祈祷，倚在那棵你常常说起的红梅树下，夏日的绿在冬天已经变得枯苍，几十年了，它的年轮随着时间一天天增长，你却失去了伴它一起成长的机会。其实，在我们流转异乡的季节，这些梅树除了年轮上的差异和其他地方无别，苍劲的树身、遒劲的枝丫簇拥花苞，依然可以想到夏日时繁茂的葱茏。此时，冬阳一样穿过她的身体投下一缕光线，透过寒冷看到初夏时泛绿的叶片，也看到青春时你一脸的阳光。

那日在寺中徜徉很久，浅浅流过的时光留在你似笑非笑的唇角，在这北风刮起的冬季，记忆蜿蜒在你的脚步之间，恍惚间已把一切看破。很多不安分的心搅乱岁月的平静，深置在回忆中的场景很多时候都是一个人的辗转，多年后，整理好初见的激情，生命中的坎坎坷坷都搁置在时光一隅，用微笑来代替内在的情绪。我们的青春都折叠在背负的行囊中，两颗心似簇拥的梅朵相生相依，在四季中承载冷暖寒凉，懂得离合聚散时的坦坦荡荡。

没有来得及在一棵树的成长中寻找那些生死的枯荣，短暂的相聚之后，故乡又成了心中留下的一处隐痛。我们都是背负红尘的行者，在故乡面前却像游子一样旁观，乡愁胶着背影的单薄，那片粉墙黛瓦外的小桥流水，婉约的风景纵是因为曾经深深的留恋，今天却不再为你忧伤！

再次想你的时候，已经走在运河边，清幽萧凉的河堤一直蜿蜒到远方，却在抬首回眸间看到紧随的影子。这些年，无论走在哪里，周边的空气总是散发你的发香，同回故乡，并不是重温一场青春的盛大。一些失温的离别早成为遥望时的残梦，用设定的重逢记录曾经相同的记忆，镜头里出现的笑靥重温那时青春的明媚，在翻涌的回忆中找回离散后漂泊的温暖。

我们都太忙碌，为生计，为一直没有搁浅的梦想奔走，少年时仗着脚步的轻松和无忧的牵挂行走四方，却把一个家丢在诺言许下的地方。三十年间，嫁衣和容颜一起褪色，你常常站在雨中的小巷等待归来的身影。四季中更换服装的颜色，面对朝来寒雨晚来风，春夏的烟雨打湿过行走的单衣。秋霜初雪藏进寒烟，灰的瓦白的墙一直没变，手捧秋风等我归去来兮，梅树上挂满的红愁沾了素时雪色，用侧身的浅笑伴我暖色倾城。

待你来时，重新撑起京城三月昆明湖上的轻舟，杏花开满一地，代替冬月一城厚厚的积雪。待我归来，桃红已经露出了粉色的娇容，崇安寺的炉香升起袅袅檀烟，梅树已经长出心型的叶。把酒入喉唱一曲月中天，风声细碎，相思转淡，一路上的艰辛被苦乐奉养，这样的季节将桃花绣在白色的纱巾上，犹如雪地里的一朵红艳，醒目而绚烂。

其实，心在哪里，哪里就是故乡，安然度过春秋，在老去的时光里陪伴。执着融进血脉，很多不轻易流的泪到如今还浸着泛黄的泪渍。把离别的时光宠溺成岁月里的圆满，你不是我的半城烟火，流浪天涯的脚步中内心的生疼只有你懂。世间的生死相许必须是依爱同谋，滋生的爱意都在墨色里加重，即使容颜已变，彼此呵护过的青春爱恋还没有变更，所有的爱恨情愁摆在沧桑面前，时间磨损的激情从今天续补，油纸伞下的侧身回望，温软曾经相遇的目光。

梅花报春的时候，早春二月的冷依然扑面，寺院的梅和小巷的幽长已是镜头里的背景。山水注满情义的绵长，披肩的长发拒绝清寒入颈，招手的指尖亦挥去多年来沉默的忧伤！

第九章
孤城

山回路转君不见,季节的荒、岁月的凉都在脚下,王陵的封土堆积满了冬天的雪。去年走过的冬天,寒烟冷翠,大地无声,那些用镜头记录的情怀在始终铭记着相逢的感动,情感穿过四季,人与自然相融的宁静总有梦幻的温柔。

静伫于此的寂寥在意念中发声,每一个背影都耐人寻味,历史的沧桑带着无言的疼痛弥漫在旷野。走过汉陵,不再与时间为敌，一段背离的历史在硝烟中散尽，嫣红掩埋在苍凉之下，澄澈的目光划开记忆的过往，却找不到失去的曾经！

把冬天写进阳光，三月逝于一场盛大之中！冬寒里告别，羌笛何须怨杨柳。梅花在远行的背影里盛开，孤城雪野，梅香随夜寒轻摇，那些昼与夜的心愿在枝头开着红色的心结，刺目的阳光在雪地上晃了游人的眼，渭河的水，开始断流。

北风呜咽，如疲惫的轻鼾惊醒你的梦，秋天的霜，高原的雪像枯笔下的白描，月升起的下半夜，除了风的呼啸我听不到花开的声音。那一夜的你披衣坐起，似乎看到几朵梅瓣飘落在树下，从午夜的梦中爬起，断了春天早日到来的奢望。在一声鸟鸣的欢快里走向南方的小巷，昨天的梦就算是告别的代言，含着悲苦的记忆在离开的黎明暂且放下，我从北方的荒原上出走。

你还留在黄河边，孤城内的怀念写成游子的离愁，泥炉上的酒蒸煮着三生倔强，那个冬天的风雪覆盖过青山，也包藏着后来的希望。每一个死去的春天都在寒雪里萌生，到来年不问清苦，不问疏影下谁的红衣送走冬天，只把疼痛开成一树的花，目送一个身影渐渐远离。

离开后，相信你也不会孤寂，青春和三月一样蔓延在人海，无念无痛，刮去骨子一段情毒，春花丰腴你忘忧的笑容。我迎着江南的采桑曲背对黄河，很多困惑和痴求因为疏远而彻悟，就像秋天的银杏，短暂的金黄经不起一场风的扫荡，空落个光秃秃的枝丫。走在自己的岸边，誓言无须在生死相依中求证，大寒之后，那夜的风熄灭了银烛，谁也看不到秋光画屏上留下的诗句，执念里的顽固一旦被春风破解，最后的落款是：无踪！

这个漫长的冬天开始逃离冷的侵袭，想起八月风暖的江南小镇你在一幅幅悬挂的蓝布下探出的笑脸。秋霜未及江南，穿城而过的运河在月下如一条白练。那时露出的表情没有苍白，没有冷漠，只有相行的笑声荡漾在河面，就像此时的我站在记忆之上，撑着小舟不为览胜，只为渡己。此时呢，你一定也踏过北方的冰河，从一片夯土堆下走过去年的路径，寻梅的心被风吹散，一方红纱巾裹住了渐老的容颜。当最暖的眼神换不来一生相伴，宿命耻笑的诺言成了知情人的笑柄，也为太多的无奈而羞愧。

回到故乡，抱守的信念坚守于心，未曾抵达的圆满只是岁月的残缺，从来不怪谁负了谁，也不妒留在千里外的你相夫教子的快乐。每个人的命运都有各自的轨迹，相爱也不全是婚姻的必然，相遇和相知是牵手的快乐，却未必能撞开宿命的门。当我们择身一人走向各自的远方，回味那时被岁月挤压变形的情愫，止步于几千年间那座废弃的孤城，避开这兵荒马乱的世间，安守自己的一片田园。

摘取几片最好的光阴，在清风明月夜装饰自己的城堡，故都郊外的风景贴上旧时标签，在岁月里被风雨浸透，最后慢慢坠落。倘若来生还能在故都相见，那座饱经风霜的孤城重建三千年屹立的王朝，经过那段长亭古道，依旧说着那年的话。你迈着轻盈的脚步从古渡涉水迎接，肩上落满渭城朝雨，一朵杏花在袖口上映着春天的光泽。十二月落红随冬天去了，烛火银屏，雕窗半掩，那一夜归来的杏花雨将失散的离魂滋养成慵懒的模样。必定带你去王陵外的十亩杏林，去讨一方治疗宿醉的药，把异乡走成故乡。

孤城不再，新词难续，剪破云水的双瞳躲在千山之外，些许期望的痴言触痛清寒的梦，背影却难以转身。相信那句盛传的名言：两个人的世界中，爱对了是爱情，爱错了就是青春，爱情是一场梦，总有人睡过了头。在梦里，时常还能听到那一句亲昵的称呼，这是婚姻专属的名词却不能成真，那时我们都呼唤着彼此的小名，把一生当作围城里的角色。偶尔口角，一句亲昵的称谓化干戈为玉帛，坚信所有的相守都不会是无尽的等待，十年之痒在辗转中从手心漏掉，到如今握不住缩在袖笼里的手，冬天最后一次告别，竟真的成了永远不再相见。

不再探究那些年不愿放手的情愫是爱还是不甘，诀别后又把生命托付给那一株惦记的根，冬天的故事如薄雾轻烟沾不了地，<u>丝丝</u>纠缠昨天的美好。日子数到三九，心愿许在梅枝，灞桥风雪挡不住江南烟柳的婀娜，走在梅园路上，枕上春梦簌簌落在地上，眼前已不是那年走过的景致：枯草断茎，土堆如丘。把最后一次祝福放在设定的邮箱，无论回复与否，季节中，所有的花开花谢都不在等待之列。退隐江湖，还一个人的江南，定守的誓约在寂静里惊醒，素年时的胭脂色留于他人，把一壶酒，与绝情斗寒！

第十章
薰衣草，紫色的忧郁淡淡的香

纯属偶然，林枫在网上浏览的时候，无意中看到她空间带有一组薰衣草的照片。

紫色心桐，后来的交往中，她说自己叫林雨桐。

一个很诗意的名字，照片里大片大片的紫簇成一波波紫色的浪漫，铺满了诗意的幻想。也有单单的几朵，落在绿色的枝丫间，若一只小小的紫蝶美丽而安详。只是他强烈地感觉到，这份唯美中透露出一种捉摸不定的伤感。

他一张一张地翻阅着,手边,是似有若无的薰衣草的清香,轻得可以被夜色击穿,让人莫名地有一丝微微的震撼。凭直觉,他知道这个忽然闯入自己空间的女子,在堆积的文字和空间唯美的画面里,有一种淡淡的忧伤。

林枫有一种感觉,远方的这个网友,对紫色有一种近乎偏执的喜欢。看她的空间的相册,那个女子淡紫的衣、深紫的裙、紫色镂空的包,清新可人。那种紫在她身上都是说不出的惊艳与高贵,有清浅若水的妩媚,还有灿烂与热烈。或许,这种颜色在她心里更是逃离了都市的安静、厚重,也感伤。他这样默默地思索着,心中不免有了好奇。他想知道,这种出尘的气质是如何在这滚滚红尘中无声无息地存在着,这个世界,到处充满了浮华,如今这样的女子,倒是很少见了。

呷了一口茶,端起的杯子在唇边迟迟没有放下,盯着屏幕,任思绪天马行空。

林枫不是个轻易表达自己观点的人,纵然喜欢她的文字,亦不会如那些流连在她空间的某些人一样,每每看到一篇文字问世,去疯狂地灌水顶帖,盲目赞赏。偶尔回帖,也是小心翼翼,惜字如金,但字字如玉,温婉清简,毫不张扬,更不夸张,总如蜻蜓点水一般,几句话便相映成趣,很有点画龙点睛的味道。

QQ上很少能遇见雨桐,偶尔遇见,他与她在Q上有一句没一句地聊些文字外的话题。聊天气,聊音乐,聊各自最近读的书,也聊一些对文章的感触。心情好的时候,竟还和他聊韩剧,羞涩地说着自己对剧情的看法,更多的时候,只是一些轻松而愉快的话题。

忽然有一天他貌似调侃地说:"雨桐,你听没听说有一个词叫木石前盟?我想,西方灵河岸上三生石畔那棵绛珠草,也一定是紫色的吧?"说完,竟哈哈大笑起来,语音跨越了时空的距离……

雨桐似乎看到他飞扬的快乐,毫不示弱地回复道:"很奇怪的感觉,好像前世里就与你认识,莫非,你就是那个整日用甘露为之灌溉的神瑛侍者"?

雨桐笑了,木石前盟只是传说而已。那个得天地精华,脱草胎木质的女子,在修得人形后终日游荡在离恨天外,饥则食青果为膳,渴了就掬灌愁海水,一生中郁结了缠绵不尽的哀愁,没有宝钗一样的金玉良缘,有什么好?她沉默了,心底竟也浮起一种不能言的伤感。

好半天,林枫没有回复,但她感觉到他的存在和所思。一个玩笑的对白就凝滞了气氛。她刚要下线,屏幕上忽然弹出一句:"我生君未生,君生我已老,哈哈,玩笑,别在意哦",然后,便匆匆下线。

而此刻雨桐的心里却蓦然一动,凝眸间,一波倾城,心湖上涟漪暗生。

时间就这样慢慢流逝,后来聊天的时候,他们都委婉地避开了一些敏感的话题。只是雨桐知道,无形的空气中有了一种压抑的气息,挥之不去。

半年后的一天,林枫在 Q 上问她:"过段时间我要出差,路过她所在的城市,能不能见她一面"?雨桐看着他那一行问话,迟疑着不知该怎么回答,他立刻敏感地捕捉到了她的迟疑,马上说:"跟你开玩笑哪,别当真。"

雨桐轻轻地咬住嘴唇,敲出一个微笑的表情,是默许,还是害怕,她不知道,然后借口有事关闭了对话框。心底暗暗地叹了口气,自嘲地想着:"你来看我?什么理由呢,只为那句木石之缘。"

出于一种本能的保护,或者是一种说不出的心理,雨桐给林枫的资料和地址都是假的,唯一真实的,是她自身所拥有的一切。她后悔了,早知道会发展到今天,或许当初应该把实情告诉他的。她隐隐感觉到一种不安,这么久了,她已经看得出林枫是一个真诚的、执着的人,外表刚强,内心却极柔弱,一句谎言,就能让他受伤。

从那次以后,他们经常在 QQ 上隐身了,却相互发一些文字和一些简单的问候,写一些无关痛痒的心情和那些彼此相信能读懂的文字。林枫一如既往,闲暇的时候,静静地看着她薰衣草照片和文字中的内涵,偶尔的提出一些建议和观点。他说,只要她喜欢,就会把这种友谊一直延续下去。

一朵一朵的薰衣草,就这样被林枫拆解成一日一日的清香,淡到了极致,又浓郁至心底。一段一段的时光,因为有一份默契的相知,岁月充满了激情和温暖。

那日，雨桐和家里吵了架，心情黯淡，极度的沮丧，说不清为什么，竟想起那个从未谋面的林枫来。他们从不视频，一切只是凭感觉把这份友情延续到现在，逐渐地无话不谈，也心照不宣。那些开心的共享、悲伤的劝慰，在无形间有一种说不出的情愫在萌发。

此刻，雨桐单手托腮，凝望着屏幕上林枫灰色的头像，不招呼他，也不说话。过了一会，他发过来一杯弥漫着暗香的清茶，敲了句谢谢，一切就在沉默中宁静，她不下线，他也不再说什么。隔一会儿，林枫发来一段共享音乐，她随手点开，惊诧地发现竟融合了此时的心情，每一段旋律，每一句歌词都直戳心扉，撞击后产生了心颤的共鸣，一针见血却不失温情。

雨桐无语了，这个世界怎么会有如此睿智而温柔的男人，如此的善解人意，相隔千里之外，即使不说话，也能洞察她现在的心境。

慢慢地，雨桐对林枫说的话也越来越多，那天的一段音乐，让她逐渐在心里没有了距离。生活里开心的、不开心的事，委屈的、不委屈的事，都一股脑地说给他听，而林枫在网络那一边，耐心地听着,然后,再写出他的看法或建议。他的话风趣而幽默,常常逗得她展颜一笑,散去心中阴霾,更多的时候他们不聊天,只是相互问声好就各忙各的。她喜欢这种氛围,悠远而绵长,不热烈,却有淡淡温情。慢慢地,雨桐发觉自己开始喜欢上他了。有时候她想:如果他是自己未来的丈夫,那么,自己一定是世界上最幸福的女子。

就这样,不知不觉,慢慢地过了一年多。

没有任何征兆,林枫空间的文字忽然断更,也没有收到他半句问候,头像也不再闪烁。雨桐留言问候过几次,那边始终没有回复。她如坐针毡,千般猜测:他是病了,还是出了意外?还是和网络里众多的猎手一样,在满足一种好奇后就消失。

两个星期过去了,还是没有林枫的消息,雨桐的心有隐隐的疼。午夜梦到他被汽车撞了,满身是血,躺在医院里,她被吓醒了,一身冷汗,在床上辗转反侧,再也睡不着。

一个星期后,雨桐看见林枫在Q上的留言:"走得仓促,未及告知,去过你的城市,原本是想给你一个惊喜,谁知,按你的地址找遍了各个角落,那座城市没有你。"

雨桐一下明白了,该来的终于来了,她懊恼地埋怨自己,那天聊得开心时为什么不把真实的一切告诉他,铸成如此的大错。"有时候,误会比仇恨更可怕",此时,林枫说过的话在耳边响起。

她迅速地留言:"对不起对不起,对不起……我不是有意的,没有来得及和你说,谁知你已经来了。"

林枫说:"我只是安抚自己的心,了却一份夙愿,与你无关。"

雨桐知道,一座城,因她而伤。

林枫的留言还静静地显示在雨桐的桌面上,不知从何处飘来的肖邦的《夜曲》还在低回婉转。飘逸的旋律,隐藏不为人懂的哀伤,但她知道即便肖邦还在,他的琴声也弹不尽她此刻的哀愁和后悔。

雨桐知道,她伤到他了,"对不起"这三个字是多么的苍白无力。一瞬间,她感觉到了他的冷漠和怨怼,原来,不是所有的对不起,都能换一声:没关系。

如果时间能够轮回,她愿意在初见的不久,便向他告知所有的实情。世事无常，原本是一种自我防备，却成了一种双刃剑，锋利的刃口滑过，无形地伤了两个人。

林枫消失了，消失在茫茫的人海中，世界上，有很多事毕竟是需要真诚对待的，有些事情，让人扼腕，也让人无奈。夏日的风依旧火辣，雨桐还是习惯地坐在电脑前，空洞的眼神呆呆地看着屏幕。她总是幻想：在某一天，林枫沉默已久的头像会在静静的午后，甚至是在他们认识的纪念日再次闪烁。因为，她在书上，看到薰衣草的花语——等待爱情。

也许，当爱注定不能牵手，不如就这样只隔着淡淡薰衣草的清香，用两三行文字、四五分牵念，任轻风云淡，遥寄一份牵念，自己给自己一个细碎的温暖。清风拂过脸颊，林枫的话再次又打乱了她的平静："大仲马说过，人生就是不断的等待！"

强迫自己露出笑意，雨桐心中有了释然。是啊，人生不就是一份等待吗？她不奢求太多，只想回到从前，回到从前那些朦胧又快乐的日子……

三年后，林枫和雨桐在婚后说起这段往事的时候，那一片薰衣草，又在七月盛开！

第十一章

石破天惊逗秋雨

声、型、动、意,一个破字,岂止石破天惊逗秋雨。

季节的在钟摆里滴答,我喜欢寂寞这个词,甚至也喜欢寂寞带来的思索,因为人的身体在不动的时候,思绪确实最为活跃。

看到"石破天惊逗秋雨"这句诗时,忽然触动了灵感。那一个"破"字,带着刚劲和果断,犹如破竹之势,一下便把我从安静中惊醒。还需要在那场雨中沉湎么?少年的相遇无法在未知的结局去描摹斑斓，时间给我们很多机会，就像那一天相遇时友情的坚定和爱情的丰盈。秋天，雨增加了更多的缠绵，那是季节付还的利息。从天街小雨到腊月飞雪，我还是把一切美好的景象执拗地留在一段岁月不能抹杀的界面上。进化的爱情有青梅竹马的羞涩，就像一场意外的雨突如其来的降临的午后，你鬼使神差地在我的头顶撑起了那把伞。

那把伞的灰白色的，像天空的云，流动的情愫覆盖着四月的忐忑。措手不及的表情很像竹林寺外雨后的桃花，鲜艳欲滴，滋润着少年的心灵。多年后，还是记得那份青春的娇艳，18岁的花季融化了心底的甜蜜。那是友谊的开始，却奢望光影中还有那日天气的重演，让自然的行走融洽成怯怯的欢喜。迷恋着雨的味道，不如说是迷恋季节里散发的青春气息，季节和生命一样的饱满，少年的情怀却没有邪恶的欲念，风轻轻地吹动着运河岸边的柳，那时，你的容姿却坦荡无比。

多少年了，我还独自沉迷那个季节里带给我的一切，当夕阳西下，我还是我，你还是你！春红谢过，夏花灿烂，时间沉淀的悲欢在我们漫长的日子抒写无数的悲欢。当秋雨连绵的江南风还有偶尔的温煦，心中的沉疴被一场雨后的彩虹破局！

爱情和友情，究竟该是如何界定？

我该在此时去怀念吗？逝去的已经无法挽留，是否需要今天把与昨天去对比，比较会让人更痛，因为有些无奈会把仅有的快乐伤及。爱，是一种简单的幸福，当快乐被痛苦折磨，强制它背离了爱的初衷，生命里的风雨席卷了你我的曾经。柴米油盐诗酒花，婚姻和爱情总有一个距离里的缝隙，人间烟火味的真实往往不及浪漫的虚拟，而我们都不会沉溺——沉溺在海市蜃楼的胜景。

你说，喜欢争吵后认错的宠溺，婚姻就是在流泪的幸福里天成，爱情的真空被纷杂和现实填充，总比抓不住的海誓山盟更有安全性。空中楼阁总是美丽，就像那场雨终究被阳光蒸发掉带雨的云层，那是先人创造的词汇——雨过天晴。

人生总有破不完的局，当青春的梦幻被现实无情地打破，爱情有时候真的无能为力，我们感动着那些可以让心灵柔软的情愫，却忽略了身边实实在在的点点滴滴。一场秋雨一场寒的萧瑟迫不及待穿山越岭涉水而来，这个十月，秋变得那般可爱。林花染霜,万山红遍。其实,我知道那不是季节的无情,只因为这个仲秋的冷还有阳光的暖意谱写春的序曲,快乐在仰脸的瞭望里,落笔!

那一场雨错过了中秋,对影成三的吟唱却在一轮明月里寄心。屡屡收到节日里电话催促行程,而秋夜下的凉风掀起单薄的衣衫,那一夜,我病倒在月圆的孤窗下。

秋凉里望月,对于生活在两处的人无法不在距离面前怨怼。看着节日的烟火在天空刺破黑暗的耀眼,不知道瞬间的光芒到底能投射多远。

这样的中秋比以往更难熬,甚至距离让电话里的声音都产生了音差。远乡的孤寂没有一条可以直达的捷径,一条信息、一个电话就成了节日里所有的幸福。小时候那轮明月被一口口咬成缺月的模样,彼此的祝福变成相拥的奢望。

总是有人说没有飞不过沧海的蝴蝶,如果有,也是它们的翅膀不够坚韧。少年的梦想和传说一样,只是当我们深涉红尘沧海后,有一种故事只能在一本连环画里翻看。长大后,你还吟咏着但愿人长久的痴愿吗?循规蹈矩的日子描绘出人间烟火里的一幅画。画面上的身影早已经成熟，爱情的道具是柴米油盐酱醋茶。

季节不分先后，犹如思念不分年龄一样，无论多少年过去，人们都忘不掉心中亲情、爱情与友情的记忆，而你我的传奇，只是江南海北长相忆里的一阕断章。很多人在一个屋檐下，心却在别处，而生活在两地的人却把两颗心挤在一个小小的空间里。感情压缩在共同的守望中，抒发在冷暖分明的季节。

本属于思念的节日，何必再有佳节倍思亲的吟唱，你是我生命里一个独特的风景，悲欢离合全程陪伴，执掌生命里各自不可缺少的一半。当每个季节探亲假到来的时候，"度日如年"的焦灼让人生出了微微恨意，这样的词语，很不适合此时闯入视线。

总是希望在最恰当的时候归来，好比那一次次怄气时我恰到好处的转身赔笑。离开杭州的那天，莫名的愁怨被一场雨火上浇油，摔落手中擎起的伞任由雨水掩盖泪颜，雨水在秋蓉的瓣滴落一次次告别的心疼。

相爱的人总会一路同行，那些好终究是一辈子避雨的屋檐。时间无情地走着，虽然两地分居，总有机会走在相同的那座小桥上，走在青石板铺就的小巷。四月来时，一朵栀子花别在你的发间,让十年前的欢喜一次次浮上你的眉睫。

生活在别处是一句无奈的分离,内中隐藏的心酸让思念更具备活力。时光荏苒。这个中秋夜,目光如一地摊开的月色,照我归乡的路途。

离开阳关外那片冷寂的边城,唱着凉州词里一首苍凉的古曲,安心走进江南古老的小巷。青春和文字回忆一起苍老,用尽执守缩短不可跨越的距离,纵然有一种结局不能如愿,尘世中未了的情节在华发骤添的月圆时,呼吸间还有你我不能忘却的誓言。

第十二章
冬寂，冬祭

南方的冬、北方的凉，写给春天的信开始酝酿，这个节气不次于清明的沉重，也多了寒色中祭奠的萧瑟。这样的季节，田野中除了麦苗的稀落，还有几支荻花在旷野中摇曳，收割后的稻田裸露的田埂让走在陇上的人少了脚下的牵绊，几株雏菊被苦霜侵袭后依然没有低下高傲的头颅。

从外婆的墓前离开，孤零零的碑立在风中，坟前的几朵菊花是春天人为的移植，我知道整个春夏它都替我陪伴着外婆。在四月和年迈的父母一起用手捧上最后一把土培植在根部，外婆长眠的地方如今离我们远了，只是很多夜里梦到的表情还依然鲜活。坐在墓碑前，母亲呢喃地说的着现在家里的状况，却一直不再有37年前外婆去世时候的悲伤欲绝。每一次的祭奠母亲的悲伤似乎越来越少，而某些不能言说的痛只有陪伴的父亲才能感知，凝望着父母灰白的发，在无法劝慰的沉默中搀着母亲走向回家的路。

这一夜，整个思绪乱得像一团麻，忽南忽北地穿越在这个冬天，11月下的那场雪后，持续的阴霾天气再也看不到那场恍惚落下的雪。想到很久以前的冬至走在异乡的路上，少年的倔强给生活带来的坎坷还有北方的凉，那时的母亲未见苍老，我的任性与张扬却挂在青春的脸上。后来走进生活的人在多年的分离中，那双眸子在江南的冬天无意间滑落枕边的星子湿了枕巾，软绵的话语呼唤归来的脚步。我想那个时候的你一定和父母持有相同的心境，把流浪的脚步停滞在熟悉的江南，期待在寒冷的冬天陪你踏雪寻梅。

为了践行许久的等待,那年冬至后便听到雪地上"咯吱"的脚步声,梅园外的雪是罕见景观,轻红上浮着晶莹的雪花,灰瓦上一层白裘覆盖那天的亭阁。很多牵不住手的岁月中丢下你的时候,更期待短暂的生命中有含笑的温暖留在欢聚的时刻。看不到一年未见的你在这个冬天等待的表情,当梅园的小径上两行脚印惊动冬天的梦,阳光却融化了枝丫上颤抖的眼泪。

九月授衣,白色的羽绒服和冬天融在一起,而母亲亲手给你披上的围巾依旧是你喜欢的梅红色。那棵梅桩还没有生成碧绿的叶片,雪后的轻寒里,在江南的雪野寻找从前的足迹,雪融之后,有些梅花迫不及待就绽开了蕊,已经没有多年前那般的纤弱。新年过后,南方的天气转眼就变暖,可苦寒之地却依然大雪如席,我们都看不到"燕山雪花大如席,片片吹落轩辕台"的壮观,只能在雪花飞舞的季节各自离群独居,只有踩在脚下的枯叶喊出无声的痛。

感恩是一种难以表达的语言,有的人只能用自己的方式阐明一颗原谅彼此的心。离开故乡多年的日子里,倔强的性格总是让软话封堵在欲说的舌尖,父母对儿女的宠爱总是大到没有原则的地步，而对于感情喂下的情毒再也无法解除。这一生的亲人总是无法抛离太远，半生与你的恩怨情仇便可以囊括三十年韶华，太多的等待放在案头的日历，掀过一张张纸，却无人看到垂目时的心疼。

这个冬季贯穿了整个一生，关于你和家人的一切，努力把持着最初的诺言，这个世界，每个人的亲人爱人都是生命不可缺少的部分。季节的温度清晰地分开，北方城市的街道一个人的脚印留在行走的灯影下，无数个电话听不到归期的承诺。台历翻到最后一页也看不到风雪夜归人，十几年间，不肯归来的背影被目光穿过，直到这年的早雪催了梅花，双手撕掉台历上的一切，盘起的发丝里摘掉早生的白发，把幽怨的心事独自潜藏。

四十多年前，我站在外婆的臂弯之内，临终时颤抖的声音击碎了少年心，四十多年之后，父母苍白的发和颤巍的身影在眼前佝偻迟缓。很多往事在今天想起，无意向谁说破彼此的内心，接过的情念开成这一季梅花，只有前行的脚步踏在理想的征途。

其实不喜欢冬天，惧冷的心因为童年的记忆而怯寒，如果今年的冬天把世情勘破，众人仰视的梅树下一定还有净雪碧水的目光轻柔。故乡的梅花一朵朵描画在绢纸，很多没有走完的旅程在呼吸的吐纳间感受故乡的气息。丹青描在纸墨，一抹红皱眼巴巴地等你重摹，九九八十一天的消寒图填上梅色，时光镜里的人依旧醒立在鲛绡之上，冬至，一地残雪权作祭奠的道场，厮守当下的亲情，悼念岁月中给予我们爱和生命亲人！

想起昨日午间的一切，真的希望你陪父母给外婆送上一叠冥纸，尽管是偶尔一声呼唤，也不枉几十年前她对我们祝福的憧憬里留下幸福的期待！

第十三章
夕阳山外山

如果,爱是生命的延续,未来该是怎样的精彩。我希望他们用今生的幸福,延续来生的永恒。

【一】

大四的时候,许青和张南在一次大学生辩论会上相识了。许青比张南低一届,代表辩论方各自的观点,唇枪舌剑,你来我往中，许青莫名地就喜欢上了这个俊朗的男生。

半年后，他们坠入了爱河。

五月江南，烟光迷离，莫干山下的八角亭下，一双身影相视而立。风吹过，许青的长发舞起了梦幻的色彩，遮掩了羞涩的清颜。十指交叉，呢喃的低语，婉转了一个幸福的梦想，一身浅紫的长裙，在风中摇曳成一朵紫色的风荷。

对面的张南，蓝色的体恤，简洁的夏装，深情的目光停滞在眼前的女孩身上，手里长笛弥漫的深情，在天地之间荡漾成一世秋水。万物不再，他感动着上天的眷顾，在这个季节有了一份相遇的美好。

诺言和西天的晚霞在激情中一起燃烧，幸福的足音走进心的角落。忘记世界上所有的阻力，情切切，意绵绵，此时，红霞漫飞与双颊，双臂挽住了幸福的肩膀，凝眸处，颤栗了一个初见的神往。七月流火，季风带来一个火辣辣的浪漫，爱的潮汐席卷了理智，春红飞断，夏花灿烂……

热恋中的他们忘了彼此的差距，作为同学，她家，钱塘江畔几代为商，他，一介穷学生，祖籍彩云之南，大山深处，有他父母目光里承载的希望。

秋,轻轻地来了,一份激情在斜阳的余晖里渐渐成熟,毕业后,许青在张南留去的问题上第一次有了摩擦。她想留他在杭州,未来会有更大的发展。张南却不忍心把父母丢在遥远的深山,更何况,如今要他放弃梦寐以求的教师职业面临一份陌生的事业,他心不甘,如果丢了专业,自己只能在城市流浪。

一次次争论的结果都是不欢而散,太多的泪水没有留住他回乡的脚步。张南在火车快开前的几分钟里,还是看到了入口处那紫色的裙袂,挥手之间,传来许青颤颤的呼唤声:"我等你。"

【二】

在回归故里的一个暑假里,张南如黄鹤远去,音信杳无。枫叶红了,浅秋的夜幕中,隔着万重千山,寂寞了两个人的孤单。窗外风儿很轻,空气很淡,雨的痕迹已经远离潮湿的心,张南的心呢?也一样留在了江南。

毕业后的奔波,让刻骨的思念成了这个秋天散落的孤魂,秋风吹拂缠绵的落叶,是低婉的悲伤。等待分配的日子,看着肤色干裂,白发苍苍的父母,他们几乎是跪求,提醒他不要痴心妄想,大山的儿子,在父母的哭劝下,在爱情的希冀中慢慢多了迷茫。四年求学,年迈的父母用锄头和汗水刨出了他今天的辉煌,如今怎么忍心抛开年迈的双亲去追求那一个遥远的爱情。残酷的现实,封杀了一段柔情的飘荡,无望的心,只能随枯叶轻舞。

分配到乡里一所学校,张南把那个女孩用泪包裹在柔软的地方。发了一封邮件,泪痕滴在舞动的十指上:"青,等我一年……"

九月底,夜未央。

渐红的枫叶燃遍了山峦,很多时候,那些随风飘散的记忆是一份潜伏的病根,在适当的时候,就会发作。雨还在下,望着南方,许青叹了口气把目光停留在电脑屏幕上,默默看着那张照片。张南站在八角亭下神采飞扬,清晰的像素依稀可以见到他心中真情的呐喊。等他一年?邮件里描绘着大山的景色,也叹息那里落后的沧桑。看着孩子求知的眼神,那里凝聚多少和自己一样的梦想?他决定要留在生养他的那片土地,婉转地告诉她,不要等了,决定把自己所学的知识,带着更多的孩子去实现明天的理想,改变贫穷,走出大山。

女孩在沉默中感动了,或许,他的选择是对的。考虑了几天之后,她决定说服父母,和他一起去偏僻的山里一起助教,想到这里,许青的心踏实下来了,不再彷徨。

【三】

很多时候,浮起的记忆是一种甜蜜,每次想起他的时候,许青总是把相册里的照片调出来,用思念对待沉默,只有这样就能和他在某种程度上保持一种共鸣。那年的雨,那个季节的人,今夕何在?

无助地回望,一种情绪在心中膨胀,思念的感觉如凌厉的风席卷了许青心的荒凉,雷峰夕照,如血残阳,同窗四年的欢愉是张南孑然离去的忧伤。一种牵挂成了季节里淡雅的余香,如一杯陈年的佳酿悠远绵长。邮件里的画外音再次响起:"爱如果不能以婚姻来圆满,何必耽误你生命最美的花季,真爱,是山重水复、柳暗花明后的欢唱,如果我不能回到杭州,只希望你来到云南,一起为那些孩子构筑梦想和希望。"

整个下午,许青都在电脑前遐想,忽然,在电脑的右下方弹出了一条新闻,她无意地看一眼,刹那间,浑身冰凉:"今天上午,云南某县的一个乡村中学因暴雨造成了泥石流,该校老师张南因抢救学生,和没有来得及跑出来的几个学生一起被掩埋,目前各方正在全力救援。"

她瞬间惊呆了,那么熟悉的名字啊,许青发疯似的拨他的手机,无奈都是无法接通,胡乱地往包里塞进几件衣服,便往机场奔去。她没想到,重新有了他的消息竟然是这样局面,她祈求着:不要是他,千万不要啊!

十几个小时后,许青来到事故的所在地——山湾中学,颠簸的山路摇晃着心泉的血泪。她不敢想,这一切怎么会来得这样突然,最近两个月张南都音信渺茫,怨恨的泪水曾经浸湿枕巾,思念的背影无数次被留在梦中。人生无奈太多,为什么就偏偏都被自己遇上呢?她希望有一天会等到自己的愿望实现,那时,天空里依然飘荡着长笛的旋律,身边出现他憨厚的笑容。如今人去楼空,物是人非,梦里想象那些温馨的相逢,那些执手的凝望,每一个凝眸的眼神都令人心跳不已,一个轻吻便感觉到生命的温馨:今生所有的付出都值得。

许青到来时救援已经结束,凄惨的哭声远远传来,她麻木地挪动着脚步,挤进了围观的人群。一对老人被几个领导模样的人劝慰着,地上一块门板上躺着一个人,用白布盖着,殷红的血渗透了洁白的布,都成了耀眼的血花,她蹒跚着走到跟前,用颤巍巍的手揭开了带血的遮挡。

变形的惨状改变不了熟悉的模样,她眼前一黑,昏倒在他的身上。

空气凝结了,人们似乎明白了什么,七手八脚地把她抬上了救护车。

一星期后的葬礼中,许青身穿丧服捧着张南的遗像行走在人群的前端,披着黑纱的照片,是她从手机里调出的那一张,憨笑的表情,从此凝固了一个亘古的悲伤。

十天后,许青把一个存进十万元的银行卡交给了他年迈的父母。袖戴黑纱,凄苦地回到了家乡,这一季的秋,迷离灯火有些斑驳,血红的枫叶如同血染。

【四】

十月，初秋的江南。

孤叶已随着黯然的心事开始飘落，许青就这样静静地待在屋里，父母亲友的呵护也抹不平她心里的悲伤。

时间也治愈不好隐藏的伤口，离开云南边城小镇后，许青便辞职了，整日蛰伏在自己的小屋里。理智的橡皮擦不掉记忆的悲伤，旧日的场景一幕幕回放，他们的爱情是一场无声的雨，润泽过生命的荒原，共同的血脉却只流在她一个人身上。朦胧中，张南似乎没有远去，依然悄悄缠绵在灵魂的空间。曾经一曲共吟的小令是带泪的绵长，长笛中初奏的浪漫沉醉在往日的誓言中，给父母留下一封信，她终于改变了一个曾经让他期待很久的决定。

十月的云南，蜿蜒的山路，一个女孩吃力地走着。从杭州赶来的父母望着倔强的女儿泪如雨下，经过几个礼拜的奔走，陪着许青办理好助教的手续，成全女儿实现张南未完的梦想。

课堂上，许青还是一袭素裳，臂弯上有一块醒目的黑纱，随着她在黑板上写字的时候，显示一份坚强。

春节后,从杭州赶来的母亲来看望她。擦干眼泪,平静地对母亲说:妈,把那个 CD 放一下吧,我自己一个人待会。

看了女儿一样,母亲按下播放键,轻轻地带上房门。

音乐婉转,长笛悠扬,闭上眼,张南的身影出现在她的幻觉中,一曲《送别》在长风舞起的黄昏循环播放……

长亭外

古道边

芳草碧连天

晚风拂柳笛声残

夕阳山外山

第四卷
把最好的自己，留给最后的你

染指时光，静静相看，你从青春的画面走来，带着款款情真。在光阴里读你，一个温馨的回眸，就暖了今生！

第一章
纪念那些年轻的岁月

青春是一米阳光,那些年轻的岁月从身边溜走的时候,再回首,往事已远走。

回首需要勇气,用公平的心对待往事,内心柔软的角落,许你花香几重,描写四季中安静的画面。一袭青衣,一杯浊酒醉了相思河,一纸浸了岁月的记忆流淌在三千红尘之上。有情和绝情的过往在新生的华发里已然淡去,夜雪敲窗,雪花坠地,与素雅的情怀相对，捡拾生命中那些清绝的美丽。

循着青春的足迹往前走，在你的凝眸处又有几多风雨，回忆如尘，无孔不入，眼前枝头洁白的飘逸是不是那年的一场梅花雨落在你的肩头。年华中，你不知道这场暖会在雪霁后升起，晨梦初醒时，青瓦下的冰凌滴落成叮咚的细雨，把季节击穿。

回忆依旧美丽，无论时间怎么兜转都转不出你的手心，在各奔东西的日子容颜渐渐老去，从故乡出走时带着的半壶酒已经醉过最初的乡愁。留在古巷院落的等待伴着花开花谢，爱情的剧本却少了对白的台词，在离散与重逢的路口，唯一幸存的记忆便是巷口的桂花树下毕业后重逢的惊喜。那时，眼睛里不愿移动的情愫在碰撞后各自珍惜，那个秋天手心里金黄色的桂花就是整个世界。从那时起，你爱上了秋天，人闲桂花落的情愁在十几年间一直存在，守护的秋天，就守住了一种馨香，在涉足而来的冬天不再拥抱阴冷的长夜。

拆迁后的小城少了很多古老的巷子，那棵桂花树在几百年后依然没有逃脱被移走的命运，童年的快乐也随着时间一起消失。后来在回乡的闲余中，除了去远处的公园可以闻到扑鼻的桂花香，冬至后看一树梅朵在寒风里斗雪。新居已经没有小巷，童年的玩伴早已走散，若是再走得远点，便是那片一望无际的大湖，秋冬联手打造一份萧条，只有摇曳的芦苇和偶尔飞起的野鸭带来一片生机。这年回到家乡的时候秋天已经被寒霜配色，季节的缺陷凸显无疑，我从来不怀念夏天，无论冷暖都改变不了生命的本质，我们在时间里蹚过，用目光和身体去感受原本曾在的生活。也许丰泽和枯萎都是生命真实的历程，梨花满地和夕阳冰河没有区别，脚印里的平平仄仄走完自己的人生才重要。

携着一抹乡愁去漂泊，把故乡和你留在一起，行衣落尘，到如今已经两鬓冰霜。每一个车站码头都有跋涉的艰难，你守着一扇窗的灯火，听一声声滴答的钟声到黎明，偶尔的问候也慢慢变得从容不迫。在北方的雪寒里说起拆迁的故居，最多的遗憾留在那棵桂花树，日子里排列的离合悲欢在娓娓道来时透着平常的语气，孤守的家园也不见得有无聊的消遣。你和故乡一样是坐在我文字里的主角，从一幅幅旅途的风景里追寻我的影子，春天到来的雨滋润着枯萎的冬天，在灵魂依附的部分一起成活。

季节的杀伐无法幸免，存活的是适应的生命，所谓避世和隐遁只是自我安慰的词,自欺欺人的禅意不适合生活的真实。当我们转过每一个季节,姹紫嫣红也好,暗香盈袖也罢,总有一份温暖可以妆点单薄的生命。从灵隐寺到佛香阁,同行的路无论寒暑,都有一杯清香的茶冲泡成眼前的春意。相隔太久的时光用梦境串联这些年的场景,年轻的心从黎明到黄昏侵扰季节的秩序,那些苦乐交加的记忆不肯离去,在静思的夜卷土重来。

一个人无论走多远,都脱离不了生命的主题,浪迹天涯和相爱相依没有内在的冲突,浮生太短,关键是如何把短暂的人生留下值得回忆的过去。如果春花秋月只是爱情的装饰,那么朱颜未改的惊喜又留给了谁?今生不求索取,但求无悔,即使多年后的团聚姗姗来迟,这些年漂泊的辽远被目光拉回,在小巷的废墟上,我们建立自己的家园。

千回百转的时光就这样走了,谁也看不到它的踪迹,四季阴晴都支撑岁月的美好,那些美好如果渗进了骨子,即使经过再多的艰难也无法摒弃内心的执着。我喜欢千回百转这个词,多年前的路和后来的离散都在千回百转中面对,太多刻在血肉里的痕迹时间也无法抹去,尽管有悲伤,也不会和别人说一句一言难尽。

我们把笑脸都给了别人，只有面对家人时才不会掩饰，人生有辉煌时的掌声，也有落寞时的哭泣。当新年喜庆的钟声敲响时，冬天已经成为一本过时的日历。下雪了，2016年的第一场雪在午后落下，梅园的数枝梅花还原记忆中最美的景象，循着雪迹回到多年前那条路，寒冬腊月闻到熟悉的香味。用赤子的心温暖彼此，我们从时间的缝隙里脱身而出，才明白真正的美好是永远的相伴。

用另一种方式纪念走过的岁月，把自己预想成十年前荒漠深处夜行的狼，从风雪交加的困境中一路奔逃。你笑了，壮志未酬不属于我，生命的进程中，七分执着添三分圆满，我相信一句话，似禅非禅：没有婚姻的爱情，喜欢都是罪恶！虽然我们的青春都被时间贩卖，但是攥在手心的记忆在今天想起时，你的纤姿还站在水湄之上，看落雪寒梅，听风过门楣时一声柔软的呼喊。

很多笑，藏在痛里，多年后的今天，一场雪落下的时候，你还像从前一样抖落我肩上的风尘。红泥小火炉从旮旯里取出，一壶酒，温暖冬夜……

第二章

这年的春天去年的雨

"千里之堤,以蝼蚁之穴溃;百尺之室,以突隙之烟焚"。世间事,红尘人,谁也打不败我们,只有懈怠和慵懒让人失去了信念。衡量太多,欲望的强烈以及取巧的行为才会让自己输得一干二净!

感悟太多的人有时候也会茫然,教诲与自悟应是每日三省后对比的结果,二月烟花绽放,新绿与春暖也让梅开心笑。苦等的温暖祛除了冬寒,叶为你舞,花为你红,这个可记可念的日子感谢朋友的问候,即使缺少希望的唯一也足以托起二月的快乐。理顺相遇相识的缘由,很多没有见过的真容归顺到亲人的行列。如果可以,希望有一天可以请您品茗,走一段山高水长,那时一定送上虔诚的谢意,唇齿间吐出的真情可以亲耳听到不同的语言表达绵长的祝福。

一杯酒端起,无言的感动在南国和北方响彻,遥祝属于我们的快乐在每一天,只是江南的春太短,一场雨后就把夏天招来。漫长的冬天,我们都把目光蛰伏在温暖的室内,唯有寒风苦雪解开了束缚枝头的梅朵,对于过往的留恋如今也变得风轻云淡。这年的安静承担过所有的思索,风抚摸孤守的灯,从寒水秋荷烟花生凉,万千丘壑在心中铺开,跋涉的苦到今天沉淀在酒中,图谋后来相逢一醉。

每一颗心都有相似的形状,若梅,若荷,尘路之上的行走都趋向二月偎暖。我久待的春天从生命呱呱落地的那刻起就注定饱受严寒等待春光,孤缺的夏天一阵飓风扶摇直上吹开厚积的云。经历的生命中有海南的雨、北方的雪,尽管那样的缺憾在后来几十年的生命中略有感受，更愿意在今天听一曲梅花三弄，在云水间开启另一段旅程。

所有的记忆，不曾说，也不会忘！

总是觉得，昨夜的梦里传来采莲曲调还有童年的轻灵，枕上片时春梦，已行尽江南数千里。无穷的路还在脚下，曾经追逐的身影已经孑然一身，令人销魂，而你的呼吸还带着熟悉的温，暖着这些年飘零的痛。你呢，今天在温室之内举杯换盏笑声如裂帛穿云，只是我们都不孤单，在面具下掩藏的表情也不会想起那年那月千里跋涉时点燃的红烛。

一笑慰平生，结缘的季节也就忘了春暖寒凉的词，多年前的孤帆远影也敌不过沧海横流，窃以为这条路不仅是北地的荒蛮，还有江南温婉的河流承载生命的舟。多少年的四季都从每个人身边经过，所幸的是即使人生残缺过某一段，有人还在身后默默地跟随。当我坐在熟悉的岸边装满一碗酒里月的清辉，有一个远去的笑容晕开在小小的涟漪。这盏酒装满岁月的阴晴圆缺，那支梅也带来迎春的蕊色，在三月桃开时掩去西岭雪。

不再提及过往的疼痛，我们都有成长的痛楚，从少年到白首，能一路走来的人便是相依的幸福。柔声轻语和咆哮都是生活的音符，一帘幽梦锁清秋如今也平常，漠北飘雪的寒到今天二月春风绿了柔柳，每一次颠簸和漂泊从不奢望去感动谁，当生命里有一份好圈起我们各自的围城，乍暖还寒时候，不再饮下自酿的苦酒。

这一月，风不带寒，弱柳返青的柔曼代替了三尺青丝的恋，踩着冬天的尾巴重生，新年最后的一天把漂泊终止。时光不会搁浅，也不用记忆来填补今天的空缺，在精神世界感受五湖四海的祝福，也算是为庄严的世界收取真挚和虔诚，因为我们无所求、无所欲，只为这一路上风雨兼程。

还是说到你，昨夜的雨淋湿了回乡的路，车窗外淋漓的雨线冲洗掉寒夜的冰霜，那些霜就化了。走在凄冷的梅园，心定，伞拢，那时的杭州有人比划过桃花三月的容颜可以倾城，但是不知道岁月的刀无声削去短暂的青春。今晚，风在催花，你若在身边一定可以呼吸到故乡的梅香，一壶酒伴你诗意万千，一夜笙歌掩盖良辰锦时，在属于以后的日子，放下半生背负的沉重，不再悲怆。

夜半醒了的时候，收到的问候填满了小小的空间，更不会在缺失里滋生遗憾和恼意。午夜临屏自暖，半盏残酒在敛起的笑意中一饮而尽，昨夜的雨寒都尽悉抹去。如果说相思老可以化作月白，宁愿在杯中品一口月色，摘一朵梨花胜雪，寂寞的冷不在沙洲久留，一片水汪汪的蓝在故乡的湖泊里伴随，再也没有忧伤和忧郁。我喜欢二月的颜色，没有桃红柳绿的婀娜，也没有清冷的黑白，被雪覆盖的冬天成为昨夜的故事，甚至黄土裸露的枯苍也不再停滞在记忆。离开太湖的这个夜晚，放下红尘独守的清寂，往事重重叠叠，咫尺依然天涯，似近非近和若离若即两个词躺在纸上讪笑，那些小心机都成为对视一笑。冬天已经过去，浅浅的白、淡淡的凉都会存在，只要内心有春天，花一定会开。

　　想起昨日的话忽然笑了：我若盛开，你爱来不来，这话如山水不语的禅音活生生地就跳了出来。此时，盛世的烟火璀璨了明天，一穷二白的少年心在时间过滤后的春天一下变得丰盈，那些无奈的争渡在故乡的渡口通向桃花源，觥筹交错的宴席上，你有你的快乐，我有我的幸福！

　　感谢有你，让我们懂的什么是真正的幸福，远去的背影融进流动的人群，生活依然阳光。这个世界谁也不是谁的谁，迈入尘世的生命都是光阴下卑微的尘埃，十几年的时光，有些爱随风，有些爱会再来。我们沿着时间的轨迹要么渐行渐远渐无踪，要么在一条路上白首偕老，留在心底痛暂且散去，往事如风，只是吹过彼此相对的容颜。

第三章

有一种思念，未必枉然

有一种爱、无法抹去……

你走的那天是秋天的一个周末，阳光虽然明媚，而告别的心情很沉重，只是把思念抛在离去的路口。此刻，秋日的暖阳失去了开始的温暖，脸上的失落无处可藏，期待反复停留在远去的背影，跳动的心脏慢慢地挤出血红的痛！多少年了，熟悉的影子在北方时隐时现，乡愁挣脱了夜的束缚，你却消失在惊起的梦中。

黎明前的窗外，初冬有死一般的沉寂，透过散落的星光，空映远方的一抹群岚。照片静静地摆在书桌上，笑靥盈然地和我对视，似乎是把一切都留在江南这座小屋。未关的电脑闪烁屏保的画面，熟悉的乡音飘荡着夜的漫长。披衣坐起，窗外的风卷起帘笼，清寒透过窗帘，惊起一个孤零零的守候。

打开手机里的照片，存储的是过往的温柔，曾经同游的你穿着紫色的风衣直扑眼帘，笑容水一般的漫过思念的围堤。异乡的欢乐除了忙碌便是思念团聚的时光，繁重的生活和等待的叹息在空气里绵长。每个念头都是关乎你的回忆，青春被悲喜浸泡，多了翻阅的沉重，如落霜的花蕾顽强地挣扎在风中。刻骨的思念随记忆一起膨胀，在这个想你的夜晚，目光定格在照片之上，凝结了旧日时光。

没有风花雪月．只有相思在等待中忧伤，一篇篇日记写不尽等待的煎熬，每个方块字都是岁月的感叹！忽的就有了这个感慨：思念，是因为距离的存在而浓烈，当第一缕阳光从窗外射进屋内，看相册里你的照片，相守的日子犹在眼前。

第一年你来的时候正是八月，阳光穿透了薄雾，烟气氤氲的湖面小楫轻舟，一支橹划破了草色烟光。穿行在苇丛深处，采莲摘菱，手伸在船边在水里激出一道浪花，走在湖汊的小路上，硕大的荷叶成了遮阳的伞。夜幕降临，沿着铺满青石的小巷走向居处，橘黄色的灯光照着夜的朦胧，一袭轻衣带着飘柔的轻快，燃起的炊烟伴着空气里弥漫的鱼香，一壶浊酒醉了满地月光……

回忆会把人的心掏空，看来这句话不是空穴来风，走过的季节留下的幻觉如润开的墨渗透黑白的纸张。秋去冬来的枯凉中，春天的希望随笔尖慢慢渗透，而当时"缺月挂疏桐，漏断人初静"的孤独在那样的环境中不由自主地滋生，任思绪穿透窗棂，缥缈而去。

《菊花台》依旧在唱着柔弱的伤，惨白的月色真的能凝固过往？很多时候，每个人在特定的环境中引发的共鸣不足为奇，十几年前的梦也化作一缕菊香，飘在故乡的那端。那时的江南，一个人看花开蝶飞，细雨流烟，你的身影占满了一个人的远方，在季节开端重新走近。

有人说，回忆多了就成了思念，日子就这样一页页翻过，故梦，故园和故乡里的一切走过我们青春的痕迹。在那个秋离的站台，离别乱了红妆，只有团聚的手擦干了离人泪，冬天相隔的漫长里，所有的回忆就成了生活唯一的依靠。古人说"家书抵万金"，那时滞后的通讯手段无法满足情感里的需求，守望的默然里，梦的长短都如岁月的风，从手心掠过的时候吹乱衣襟，吹乱乡愁里一首歌的悠扬。

等你在东风里出场，漂泊的路终止在岁月的脚下，这时候再唱十几年前的《菊花台》，那个萧而不凉的秋天第一次告别就断了孤独时寻暖的幻想。守着来时的风景，照片中囊括了所有的相思与爱恋，诸多的等待中我们可以假装没有离别，牵挂的问候成为距离之外生活的习惯，耐心地做好相守的功课。尽管生活沧桑季节多变，你在那座城市的地图上用指尖画上一个无形的圈，夏季回来的时候，久别的温情把记忆都煮沸，梦被放开，也少了冬天时缩手缩脚的禁锢。

一起走在熟悉的路，在开满荷花的湖面泛舟，目光拓展那些曾经无法触摸的温柔，小巷里重叠彼此熟悉的脚印，山野中呼唤你的名字，惊飞一只栖息的斑鸠。天空下呼吸相同的空气，从灵隐寺的山顶看远处的西湖，那时告别的路口已覆盖在绿荫之下，隐藏分离时落叶的秋。雪落寒梅外的芙蓉颜已经老去，菩提树始终没有结出期望的果实，三生石下低头祈愿，很多想象的圆满里，便把月牙般的笑容留给了我。孤身行走多年，思念紧锁在心城，春去冬来，只容许一个人在里面行走，夜半无人时，与你私语。

　　聚少离多，就是那时候真实的写照，我们将故乡走成终点，在熟悉的巷口和街道留下生命中特殊的符号。小桥流水，古巷码头，太多的过去和从前一旦被今天重新演绎，牵手的下一站，我们避开分离的无奈，逃离一个人秋天时所有的寒冷。

第四章
很多年前，很多年后

很多年前某件事在嘴边说起的时候，已是很多年后，到今天我们还在想多年前的样子，包括时间里留下的点点滴滴。有些人从陌生到相识，有些人已成了路人，只有脑海留下的一点记忆提醒我们曾经遇到的人和事。很多年前跟着齐秦的那首歌出走，外面的世界给我带来别样的精彩，也留下终生的教训。在漂泊中体味酸甜苦辣，生命的扉页上，打上一个有关于青春的记忆。

谁的青春没有疼过，谁的人生没有坎坷？那年的水乡和后来的北方有太多的相似之处，曾以为在纷杂的世界避开一些人为的烦恼，让年轻的生命在花开的季节把相遇过渡到后来的幸福。愿望生成之后，生活却用判官一样的脸对待芸芸众生，在你的名字前冠上另一种称呼，期待把相遇变更成红色证书上并列的名字。时间虎视眈眈，如今很多人走散了，包括哪些年轻时的爱情。除了流星般地划过期待的眼眸，原本筑起的城堡坍塌了地基，从此失陷。

深一脚浅一脚地走着，青春都被踩在脚下，浮生若梦，这只是很多年后内心共鸣的词语。20岁的时候有人告诉她：为你可以风雨兼程，为你可以放弃很多安闲的生活；二十年后，再去思量那些相遇时许下的诺言，讪笑那时连个执手同行的愿都需要世俗来拍板。生活习惯，彼此的距离都成了挑剔的词，任凭怎样的迁就维持，也逃不掉风雪来临的那个冬天绝情的转身。

我们都无法选择自己的人生，无所畏惧的豪言壮语也只是给自己添一些底气，其实，彼此生存的环境谁也不比谁优越。贩夫走卒的平凡和世俗对了眼，《西厢记》的张生一定是没有喝掉孟婆汤。乱世之缘上演千百年的故事，有人撞上了宿命的咒语，从生命的迷途中难以脱身。

很多年以前，我们都是漂泊的游子，用初心相见，也躲不开后来抢眼的春色。坠入红尘的迷宫，从好奇到逐渐看清脚下的路，以旁观者的身份一直走到今天。人越长大越孤单，年龄让心事都越发沉重，绕不过季节的边界，苦涩的双眼如浸了海水的弄潮儿，迈起的脚步也陷入沙滩的柔软。

难以拔足的犹豫是坚强后的懂得，青春最显眼的颜色也不能永不褪色，生命中挚友也好，恋人也罢，只有真正的以心换心才能天长地久。有一种情感不属于爱情单一的范畴：嫉妒、无奈和贪欲，一不小心就可以让固若金汤的防线溃于蚁穴。总有人碰了"贪婪"这个火药桶，把嗔怒怨恨集聚在心底，到最后再亲密的爱人和朋友也能在时间里反目。

守一个人不易，守一份白头偕老更难，少年时的快意恩仇到今天想来也掺杂了莽撞的因素，当某些纯情在时间里变味，冤家路窄一词被很多人挂在嘴边。很多年前，飘逸的长发如疯长的野草被风吹起，多年后剪去的心思服帖得如短发一般透着精干的沉稳。发香透着兰花的味道被柔情梳理，时间的哨子吹响了，命运露出咄咄的眼神带着三分戏谑，目光里的温度和季节一样变换。那个抒情的年代多年以后度过寂寂日夜，异乡的舴艋舟，载不动今天的许多愁。

无法离群独居，就择一城终老，仗剑天涯时的铁马冰河，流不尽英雄泪，谋爱的心思当年被嗤笑时依然豪情万丈，却不懂世间有一种执着都被时间收服。纵横交错的路上我们无法躲开世俗的暗井，尽管有辗转腾挪的轻灵还是挡不住暗箭来袭，率性而为和随遇而安的境界不是你我能彻悟。很多不甘沉寂的往事在记忆里翻来覆去，回望的心在目光里喊出了痛。

痛，是生命必经的路程，参天大树的成长也经过无情的修剪，那都是痛，有些痛却让生命得到重生。不奢望以后有人用目光的怜悯采集这样的痛，让岁月喂下的情毒一生难解，心房里膨胀的思念占据怀念的沼泽，令一双脚难以自拔。从遥远到未来，生命里的贫瘠与丰盈经过几十年的风雨洗礼，很多无法挽回的记忆终于败下阵来。如果是真爱，有人从少年私奔到季节的尽头，才知道誓言的盾牌挡不住时间的利刃。

很多年后，岁月已经让人学会柔软，学会在天涯里原谅那年伤筋动骨的无情。故人西辞，腊月的一盏烛火慢慢将黑暗驱除，记忆里懵懂的青春在缘分的灯火下恍惚。无论爱情、友情的离去都是一场红尘错，早春时的风终于吹暖梦里空城。时间不会说谎，童话里的故事也未必都骗人，当命运跑偏，我们可以用心做成罗盘给余生指南，重新整理岁月中那些让你哭笑的记忆，跟往事干杯！

第五章

雪落寒梅醉芙蓉

站在山顶,寒风比山脚下要凌厉得多,枯叶断枝被风拉出冬天的旋律,一起乱舞的不仅是你的围巾,还有猎猎飘飞的长发。

选择这样的天气登山,已经失去赏梅的本意,沿着山道蜿蜒而上,这座海拔一百米的山丘被人为地修建成一座城市公园,给游人平添了一个幽静的去处。惠山,除了泥人还有青竹、梅花,四角亭建在石阶拐角处，它点缀山的秀丽。那日游人甚少，风把很多人封堵在温暖的角落，细细的雪花昨夜落在山林和梅瓣上，只有我们带着寻梅的雅兴不知不觉间就爬到了山巅。看着脚下的城市，呼呼的风卷起一地萧凉，江南的婉约之姿在冬天时不见踪迹，夏日妩媚的女子也变得臃肿，这冬天，成为惠山行走的记忆。

风，奏响了季节的音符，一片落下的清霜在持续几天的严寒中变成细碎的雪，一片暖黄的蕊在枝丫上冒出，三九严寒时一缕暗香在萧瑟时给我们带来独有的惊喜。山顶小亭边的竹子丝毫没有受到严寒的影响，几点凝固的雪在叶子上沾了青色，在百花凋零后，梅与竹的相伴添了冬天另一种希望。

坐在朱色的长椅上，等待新绿时的一句暖语，抬手捋发的瞬间有暗香盈袖，眉眼里照出一抹浮影像春天的探子，"东篱把酒黄昏后，有暗香盈袖"，这是李清照在诗词表达闺怨的意象，也有"零落成泥碾作尘，只有香如故"的人格气节。古人赋予赏梅人内心的主观印象，把开了几千年的梅描写成不同的心情。

风雪是个并存的词，带你赏过这场雪，春天就会来，踏雪寻梅的雅趣在江南很少体会，只有穿过长江的风带来凌厉之气。在昨日那场似霜非雪的天气里走进惠山，除了一株株蜡梅倒也没有看到红梅花儿开，相信只有雪降临时才能看到那样的景致。其实，每个人都是带着一种希望在行走，即使少了梅雪相映成趣的冬天，也不会在颓废的词句里玩味，咏梅与赏梅的心境隔了不同的朝代，跃然纸上的情愫只能和特定的心情同病相怜。那年我们来得太早，也没有看到红梅斗雪的景象，只能在枝丫里簇拥的蜡梅下，去想象和追溯古人留下的痕迹，用心去听无声的花语。

　　在后来的冬天，有幸看到梅园里盛开的梅朵，那时候离开惠山的不甘在后来得到补偿。一树梅花点燃冬天的火焰，如青春的热烈，也胜似春天的鲜艳，一下觉得鹅黄色的蜡梅多了点妖娆之色，以至于今天看到院子里蜡梅开的时候，在初雪里草草拍下几张照片就算冬天真正进了家门。那时的梅园还有一簇簇的白梅，在枝丫上如闪烁的繁星照亮行人的眼。

　　冬天的风，似乎被密密的梅林遮挡，转眼到来的二月再去惠山，雪临，初蕾绽放，驰名天下的香雪海已经引得游人如织。梅园把季节提前带进了春天，难得有一场雪与梅花相映衬你暗香的颜。园内有竹影摇风，沙沙的声息无声地掠过行人的耳边。

入园有桥，寒水清冽，风剪剪，轻寒测测，一方紫巾点缀酡红的笑靥。颈间有发梳离，而我目光凝驻在你徜徉的花海间，随着冬月的花事生暖。桥似眉弯，鹅卵石铺成的小径延伸在梅园深处，残瓣飘落，弯腰时捡起冬天的怜惜，落红在鼻间轻嗅，那一刻，你的容颜溢满春天的气息。人生如花，青春的痕迹和过往的片段终也零落成泥，只有红尘深处的灯火阑珊在喧嚣处沉寂。驻足于梅下，片片娇艳散发出的馨香浸透发丝，柔软的十指把绽放的梅枝抚在手心，每一幅画面，都是岁月里最好的流年。

临花意，若淡淡的墨痕，明月金樽少年狂有"夜来沉醉卸妆迟"的迫切之意，青春融入的场景终是浓淡相宜的斑斓。漂泊的岁月无怨有叹，却不知道那时候你以怎样的姿势与尘世中给我夺目的璀璨，纵冰雪来临，也难把心中这片美好摧残。

多年以后，冬阳从庭院里的枝丫斜射，我们从拥挤的人流中脱身而出，在纵横交错的老梅前拥有自己的气节。青春已老，曾经走过的季节在时间里开出不同的花，这年初雪来临后，最美的盛景从诗词里摘录，用夕阳蘸着不同的颜色，把人生尽情地敛尽眼帘。

走过梅园，越过一片临水的亭阁，有兰花汇展，刚进兰室，扑鼻的幽香醒目也清心。围暖的方巾搭于臂弯，发间也有如兰的气息浸润。这样的天气，这样的人依依，堪称是人间最美丽的画卷。端详盆中的柔弱，点点花蕊，枝叶如剑，各色的兰弥漫了不同的香味，如蝶，如心，如半月的瓣肆意地开放，让人不敢触碰。屏息，抚了杂意，按动快门你和兰融为了一体，眉间倾心的醉意惹我心仪，只想，君若芷兰，我愿为你盛盆的紫砂。

出了兰室，风渐寒，嗔斥着为你系上方巾，抵御春寒。为你理顺颈间的青丝时乖巧地拥贴于怀间，双臂环绕，有力的心跳在这个季节一起合拍。回廊外是一片葱郁的竹林，阳光细细地铺满了林间小道，长椅上有仨俩行人憩息，竹叶旋舞，萧瑟挡不住春意。牵着手拾阶而上，你却挣脱了搀扶像个孩子似的跳跃前行，唇边的笑靥宛若绽放的梅朵。温情在血脉间流淌，每一段快乐截取时光的绮色伴痴情入卷，成为今天温馨的回忆。

君如梅，有凌雪之志，心若兰，是清婉凝香，徜徉在梅园，青春的展卷铭刻今生最初的相遇，纵秋风悲画扇，亦堪怜记。登上一个个石阶，眼前也有"疏影横斜水清浅，暗香浮动月黄昏"的诗意。苍竹隐去眷行的身影，冬笋冒尖，苍黄的笋衣在破土后将衍生又一片茁壮，倚竹含笑，舒展的眉梢流露深深的眷恋，纵斑竹有泪，梦也潇湘。

江南的菊花留在风雪之外，霜雪风干了九月的颜，花瓣低垂，只有不屈的枝干傲视。竹林内三两株的挺立，柔蕊着了霜瑟，失去了鲜丽的颜色。此时，你眸间惋惜之意袒露柔软的心事，红尘纷扰的寰间，爱，能否如梅菊，在严寒里傲雪凌霜。看懂目光里的心事，不再负手站立，揽你于胸前把坚定传递：今生，会用柔情构建的城堡把未来放在最柔软的地方，坚守这三生三世的盼望，珍惜这来之不易的缘。

过了梅园，遥看花影飞雪，散落于人间的仙子是冬天的一树妆成，手的温柔传递了掌心的薄凉，清颜堪似粉妆，在清寒里倚暖。

很多记忆被文字复原,多年来,一株梅树暗合恬淡优雅的情怀。梅妻鹤子,这是古人一生的追求,我们抛掷年华里青春的青涩,在淡去的岁月中感悟生命的本真和悠长。

第六章

许我,在时光之外

眯着眼,把时光看扁,记忆里的江南是梅雪融化后的一滴水,惊醒了南宋的梦!

江南,离开你几年了,红尘变迁,脑海中留下的印象不仅是青山叠翠、画船亭阁,还有耳语中流传的故事和岁月中熟悉的容颜。词卷中婉转的歌赋和回旋的格律避不开亡国的痛,战争的铁蹄踏碎多情的梦幻。

一千年后的湖水漾动七月风情，曾以为那是永远的漂流之地，也度过青春最美的时光。少小离家的青葱埋下深情的绝恋，血脉里激荡的豪情支撑当年的梦想，我是为你而来的游子，欸乃的桨声划动月下柔波。那个七月，流动的河水辉映星空的浩渺，船尾的桨停歇过船娘的叹息，杏花春雨涤荡异乡尘烟。那时、北风把我吹到你的故乡，有两情相悦的依偎在三秋桂子下成画。直到后来一句"君若到时秋已半"，水乡小桥外的白墙黛瓦又刻下穿行的目光，一壶腻软的女儿红，唤醒西风烈酒时的豪情万丈。

端杯劝酒，眸里柔情不减当年："你，终究是来了……"

我来了，其实从来也没有离开，血肉融在这片土地，怎会在关山万里外抹去故乡的记忆。无数个黄沙满地的风雪夜，在一只泥炉的火焰寻找旧时温暖，椰林婆娑的身影也误读成小巷走出的你。灵魂始终牵系在一叶小舟上，那条承载岁月和爱情的运河从我们少年流到今天，后来沉迷的天涯消磨过少年意气。断章残句勾引了回忆，桥上的风雨还在，油纸伞已是走出视线的风景。少年游，长安古道马迟迟，外面的世界把我从你身边带走，我听到叹息声惊动了那晚水中的月亮，却忘了归来的脚步。直到青丝沾了明月的白，七月最盛的阳光下，你不问丈量天涯的脚步是否疲倦，只问征途行色是否惹了风烟，怜额头的汗水砸痛北方的沙土。

那个少年已经两鬓斑白，杏花春雨的精灵泽润不了老去的年轮，却温润江南一片无边的荷绿。石巷青瓦上的青苔滋生夏日生机，大片的芦苇从春天到秋天，凋零了等待的情怀。谁背负了谁的诺言？踌躇满志的心携带少年的轻狂奔走他乡，理想一旦脱离命运的掌控，有多少人荣归故里，又有多少人铩羽而归？一把锈迹斑斑的剑藏于剑匣，一腔热血被风吹冷，尊前仔细看，应是容颜老。

梅花再弄，残酒醒，无寐寒衾愁拥，回首少年时，恍若一梦，未完结的抱负藏于胸，却愧了你经年等待里的日夜守望。流落异乡的往事锁在告别的冬天，四季流转后的草长莺飞可以替代这一路萧瑟，你羡我游遍千山万水，却不提春思秋怅时远望的孤单。后来的日子沿着运河溯流而上，过锦溪，游周庄，看西塘灯火，品乌镇咸亨酒店里一把茴香豆。甚至还想在鲁迅的百草园去挖一支成年的何首乌，少年的往事在记忆里重新翻起，向岁月递上重逢的拜帖。

从古镇到陌上乡野，那张痴迷的容颜无须时间来辨认，富春江的水绕过那个叫"江南村"的地方，千岛湖驿站点燃缱绻的烛光。面对沧海桑田，我不敢像多年前那样振臂呐喊，背离故乡这么多年，思乡酒麻木过无望的乡愁，负了少年许下的柔情，怎敢用胜利者的姿态面对故国。如果可以和时间握手言和，那就抹去漂泊时的一滴眼泪，绝不让冬天的风雪侵袭守望的江南。

回忆换不回青春的容颜，等待的忧伤写在桃花笺，付之流水。乌篷船上，你不再是摇橹的女子，被河水侵蚀的船在门前停泊很多年。剔骨为钉，我抽出带血的骨拼凑你我松散的船板，找回青春的记忆，改写生命中带泪的结局。枯笔残墨，横扫素缣三百尺，才懂得江南的味道，是我背影中沉默的语言。

在镜头里回放旧时的影子，君亭枕上看潮落潮起，行走的悠闲已忘了这些年孤守的寂寞，儿时院落里的秋千还在，那时，荡起的轻盈把笑声抛在时光之外。隐约耳语里轻诉的故事软软地直击心扉，荷塘前拈花一笑，笑容里露出少年的天性，被风拂乱的发丝，撩动最初的点滴。

不再像一叶无根漂泊的浮萍，曾经许过的诺言不必来生兑现。就是这样的冬夜，梅枝融化的水珠滴穿黎明的梦境，西湖夕阳下，雷峰塔的倒影晃动岁月的涟漪，看不见古道长亭外的西风瘦马。那样的黄昏在梦里反复出现，波光粼粼，却听不到吴侬软语，偶尔有流水在脚下淌过，却没有一座拱起的石桥让我过岸。

今夜，让梦成全追溯，许我在时光之外想你，靠在故乡的一株梅花下走完冬天，当黎明验证我的梦境，有没有一阕小令写成新词，重填那首《忆江南》！

第七章

有一种爱,如刀

凌晨,馨儿站在厨房看着从楼下走过的那个女人,哀怨落在了眉梢。犹豫许久,把刀架上的水果刀小心地放在了包中。

其实,她有这样的念头已经快一周了,一个人在家的时候总是盯着厨房里那把锋利的水果刀,是划下自己的手腕,还是……她不敢想了,手拍拍挂在身上的包,她走出了家门。

家离单位不远,她已经决定放弃所有,包括自己的生命,更不会请假。这一站路,和丈夫无数次走过,那时候,总记得上班时两个人欢欣地并肩说笑着,一段路程在不知不觉间随时光的印痕悄然走过。有时候,看他倒退的和自己说话,两张脸笑得像阳光一样的灿烂。她娇怜地提醒着他注意后边,他只是说:没事,你是我今生永远的倒车镜。

爱,在心中荡漾,时光的签在生命中留下太多的印记。或者在谈及婚嫁的时候,她更坚信这一生,就是宿命的缘见。雨季来的时候,馨儿和天行走过了整整的三年,穿行在城市的人流中,北方风雪的肆虐也冷却不下炙热的情随。夏日,天行总是伴她走在熟悉的小路上,烈日当空,举着手中的伞为她遮阳,一边嬉笑着说:"馨,我可不要你的颜上早早地爬上了蝴蝶"温馨在心中溢满,人流中,她幸福地靠在他的肩。

秋澜,木叶萧萧,徜徉在凤凰树下,落日给城市的楼台铺满了阳光。并立窗前看夕阳如火,柔曼的音乐在房间回绕。落地窗前有相拥的身影合一,即使寒冷的日子也是人间四月天。她固执地以为,这份情感是百年后流传的经典。冬天,馨儿的手上有了冻疮,天行不会让她做任何家务,目光中的疼,何日才能忘却?

他承揽了所有的家务，清晨把温热的水随同他目光中的爱恋一起端在她的面前。粗壮的手，笨拙地把她脸上宿尘洗尽，那一刻，馨儿泪流满面。

天行憨笑着，有刹那的不知所措，像个做错事孩子似的，他手忙脚乱放下为馨儿洗脸的毛巾。婚后三年，馨儿觉得自己是天下最幸福的女人，暗暗地发誓，这一生一定要好好地爱他，生死相随。

冬天来了，雪落满了小区的枝丫，大地一片银白。等公车时，天行总是站在风口为她挡着风寒，后面有车鸣笛，就把馨儿围揽在怀中。他一直在想：如果有风，就为她遮一世风雨，如有烈阳，他宁愿做遮阳的伞，为这个心爱的女人付出所有也无悔无怨。

相识，也是在那个秋天，只是爱的果实在冬天里丰盈。走过四季，他们终于在新年到来之前走到了一起。两颗心沉湎在爱的欢悦中，过往的一切坎坷都成了他们枕边的甜蜜。馨儿说："如果不是你的坚决，我不敢接受你，你是个事业狂。"天行说："如果不是你勇敢的追随，我会退却，因为爱是彼此的奋不顾身。"

春节过后，转眼就是春天，天行的热情却在三年后的冬天冷却。馨儿早感觉到有点不对劲，只是她不敢把他往坏处想，当天行从一家地产公司升为主管后，忙碌的应酬和早出晚归成了她生活里一个人的焦灼。季节轮替，熟悉的街道上只留下了馨儿一个人的身影，有一种孤独是无人领会的察觉。笑容浸满了黯淡，欢颜不再展现，同事不解的窃窃私语在背后隐隐约约。

夜里十二点，当天行满嘴酒气地问她房产证在哪儿的时候，说有急用。馨儿默默地把房产证扔在床头柜上，看着和衣而睡的丈夫，她彻底绝望了。

日子就这样不疼不痒地继续，无数的夜晚的灯光下，馨儿总是在天行下班的路口迎风站着，望不着他回家的身影，只得把失望带回曾经温馨的屋。失望随月儿一起升起，电话里依旧传来的是天行渐渐不耐烦的回应，她清晰听到有女人嬉笑的声音传来，馨儿早已泪流满面。半躺在床上，看不清电视里的画面，她害怕，爱，已渐渐地走远。

从此，馨儿的神经开始有了脆弱的敏锐，每个夜晚，楼上的笑声和楼梯的脚步声都成了她整夜不眠的心悸。她多么怀念曾经的夜晚，一起看电视，一起听音乐，然后相伴入眠，如今，曾经的幸福只是回忆，即使偶然天行回来了，也总是说"我累了，疲惫得很"，然后独自入睡。每次看着身边这个深爱自己的男人呼呼大睡的模样，馨儿自问：这个曾经心细如水的男人，为什么在事业辉煌的时候把爱当作随口说出的誓言，难道真的一旦得到，就是天堂变平常？

半夜，楼上的声音更吵了，馨儿焦灼不安的心终于愤怒，无数个失眠的夜，她的神经衰弱到了极致，她要爆发，她要发泄，否则她真的会在沉默中死去。推开窗，馨儿把头伸出窗外，对着楼上喧嚣的邻居发出了泼妇似的指责，当争吵升级为辱骂，一场冲突不可避免。

天行不在，一切都要自己承担，此时，馨儿竟抱有死的信念，爱已离去，何必在煎熬里苟且，长期抑郁的积累使她似乎已经有点神经质，或许，用一个常人不去耻笑的理由解脱，也是一种办法。和邻居争吵变成肢体冲突，馨儿求死的心更甚，她不再去打电话问天行几点回，只想用一种轰轰烈烈解脱这持续的噩梦。

一个夜晚，馨儿都在用泪洗面，她迷茫，为什么爱的诺言是如此的脆弱，在一不注意的时候，誓言如此的不堪一击！

天更冷了，独自坐在地板上的馨儿打消了去找天行的念头，这段时间所受的痛苦和折磨，她也没有脸去面对曾经极力反对这桩婚姻的父母，如果一切都需要自己承担的话，她必须学会承担。既然一切都已经无可挽回，生命的意义只是一个过程。想着天行这一年来的一切，包括她试图靠近后被拒绝的冷漠，她绝望了。只是她不后悔曾经的爱过，那些铭刻内心的过往，足够来生品味。

打开笔记本，馨儿给天行留下了最后一封邮件，她决定了。刚才受到了那么大的耻辱，脖子上被抓的血痕依在，如果爱还如当初，会有这样的事情发生吗？如果天行在，邻居敢这样侮辱撕扯她吗？刚才的辱骂还在耳边回响："你就是神经病，你男人不要你了，找我们的茬，没门儿？"作为一个娇生惯养的独生女，何曾受过这样耻笑和侮辱的语言？作为一个女人，为何受到这样的不公，楼上整夜的喧哗，难道真的是自己过分吗？

一行行泪滴在了键盘,她仔细地看着伴泪的遗言,一个很可怕的念头早已成熟,只要看到那个侮辱她的女人,一定用激烈的方式,用她的生命讨回尊严,她也要用行动,让自己的男人后悔。

"天行,你真的忙吗?忙得连我生病你都不回,忙得连我们结婚的纪念日都忘却?三年了,都说三年日月浓如酒,而你从升职后就忘了一切。结婚才三个年头,你整天忙碌你自己的事情,这一切,我怎么能够理解?当初我顶着那么大的家庭压力和你结合,你的诺言呢?我不是不讲道理的女人,你知道,你说开会,你说出差,你说有应酬,可是,你的行为已经超过我能承受的一切。我知道,爱已远,我不再追回,只是,如果有一天我真的出事了,你别后悔……"

仔细地看了看封邮件,馨儿用了很大的力气点了发送的确定,把它发往他的邮箱。她安然地静坐,心里忽然有了一种解脱。

天,忽然放晴了,馨儿装好那把水果刀,仔细地回到梳妆台前。姣好的容颜略带憔悴,只是淡妆的相宜覆盖了更深的心碎。

她眷恋地看着家里的一切，这个留下无数温馨的空旷的房间，又仔细地看看为他收拾好的衣服，袜子、内衣，有序地摆在了衣柜，她忽然间笑了。

一切都已妥当，再无牵挂。馨儿在过道换鞋的时候瞬间竟有了一种悲壮。

当初父母极力反对这桩婚姻，那么难的局面都被自己的任性扭转，如今，还有什么脸面去父母面前诉说这一段耻辱呢。果断地换好鞋，她知道，楼上的女人这个时候该下楼上班了，她要在她经过的门口，给她致命的一击！

馨儿从猫眼往外看着，听到楼梯脚步和关门的声音后，馨儿紧张地从猫眼看着门外。原来准备在路上报复的计划改变了，她要让昨晚听到辱骂她整个小区的人看看，她这种愚蠢的悲壮去如何去在这个清晨实施。

穿好鞋子刚站起身，忽然，楼梯的脚步纷沓起来，似有很多人。当脚步声停在十楼的时候，门锁已经被打开，随着有力的推门，馨儿毫无防备地被推坐在地。

是天行，她惊呆了，后面跟了几个警察，看到跌坐在地上的馨儿，天行一步就跨在她的身边，随手捡起地上的水果刀远远地扔了出去，然后用力地把她抱在了怀中，泪，无声地落下！

警察里有一位是天行的叔叔，这个在社区做了二十年的警察的人，此时也叹了口气，和随行的同事嘀咕了几句，他们点点头，走了。

馨儿如梦一般地被抱在了沙发上，叔叔随手关上了门。此刻，馨儿已经清醒过来，她在叔叔的指责中，逐渐哭出了声。

一切都是臆想后的自扰，天行接手分公司时，才知道那个已经濒临倒闭的企业负债累累。三个月的时间，天行求爷爷告奶奶，跑银行跑政府，甚至用了家里所有亲戚的房产抵押，终于办理了300万的贷款，把一块地皮合伙买了下来。那些日子，一些想不到的困难与无可奈何的应酬就这样占用了他全部的时间。每天他都在和工程设计人员忙碌着，只想等一切走上正轨，再给馨儿一个天大的惊喜。

昨晚，他在办公室打开电脑的时候，邮箱的信件瞬间让他冒出了一身冷汗。知妻莫若夫，天行看到了邮件就知道要出事，连夜赶回，他太了解馨儿的性格了，连忙打电话给叔叔，便马不停蹄地从公司赶回了家中。

一切都不晚,一切都正是时候,馨儿惭愧极了。她抱怨,再忙,也该和自己说清楚啊,什么事情夫妻俩不能一起去分担呢,这个浪漫的傻男人真叫人无语,如果事情发生了,究竟是谁的后悔啊!

看着小夫妻俩的抱头痛哭,叔叔摇摇头站起了身,丢下一句话:"都是大人了,别净整那些孩子事"。

阳光一下就明媚了起来,天行半揽着馨儿,慢慢地说起了这几个月的经历,屋内,隐约传出了一阵阵低泣声,只是,偶尔的笑语,更加动人!

第八章

一个人的路口

黄昏的夕阳拉长了孤独,风满袖。

一个人的渡口,秋风捎带无语的问候,情依旧。你的长发,还是在一片苍茫的水色上摇曳着夏日的风情,两岸的柳枝在阳光的穿透下形成斑驳的光影,弃舟登岸,小镇临河的渡口外,你挥去额间最后一丝晚愁。对于时间来说,彼此都不再纠缠于哪一天雪落,哪一季花开。记忆的构架里剔除在水一方故事中三千年逆流而上的跋涉，拨开蒹葭的迷雾，三分期待沉寂在心骨，在慢慢寻找今生交会的坦途。

渡不过的彼岸，花开玲珑，一捧莲子是八月坠落的柔情，入了时光的泥沼。如今走在小镇纵横的街道，搜肠刮肚也找不到那年卖莲子羹的店铺，青春的迷途、渺茫的云烟遮住了旧时路，沦落天涯的寂寞，枉自盼顾，花开也无主。

站在思念的路口远远地瞩目，有些事一旦被记忆挑头，许多往事也不约而至。友人曾嗤笑我五行缺心，今天才知道那些相遇早被时光废了。恍惚的风吹散了你长发柔曼的楚楚，一池莲花开成洁白的祭奠，纤弱的花茎支撑着最后一朵白莲，就像那时你玉脂凝香的脖颈，蛊惑少年驿动的心。

总以为有一个季节是我们重逢的良机，在琐碎的生活中逃开那句寂寞如花的词，那年夏天后的冷夜幽清，纷纷落叶时雨打残荷。月前细数门前柳，光秃秃的枝条上附上一层白霜，在风中都变得迟缓起来。不再灵韵的风姿一如多年后的你，只有阳光轻抚温馨的记忆，摇曳出满地的相思。

时光，碎若烟尘，翻开那本日记，慢慢蹚过岁月的河，今天的素衣苍容少了桃花三月妩媚，青春的笑语悄悄推开记忆的门。夜半独坐，南方的雨随意淋漓冬天的表情，那些年的兵荒马乱只是爱情的剑戟，在征杀后偃旗息鼓。想你此时，一定在河边一扇窗下对镜自怜，过往的鲜亮的裙衫换作家居的粗拙。世上很多事就是这样，不要等连回忆都波澜不惊就已经迟了。奇怪的是，偶尔的恍惚中，你还端坐在荷花丛中拈花浅笑，苍容上浮起那时的柔情软意，渐冷的心，给自己添一份温暖的理由。

时间仿佛一夜之间就露出无情的面目，罗衫褪色，长发变短，也不会见到离开时是哭还是笑。记忆里放出去的风筝悬系过青春的梦想飘荡在你的天空，此时的唇角却封闭说过的豪情壮语。飞花似梦，太多的话烂熟于心，飘忽的雨温润不了干涸的心田，盈泽的发丝不再见到那只莲花簪，只有那片荷香散发在深秋的萧瑟中，各自挥手。

在冬春的交界处走过，思念不再与你接壤，四月樱花烂漫，古朴的杏花有了欲残的败象，湿地牡丹又添国色天香，而青春早离开记忆的海洋。在春耕的光景听一只布谷鸟的陈年旧事，攀枝的轻灵忘了冬天风雪的侵袭，在人和自然界的生命中，总有一些欲望漫过心堤，冲垮了设防的理智，即使是离别前的声声呼唤也被时间彻底地封藏。如果，还有牵念的潮汐卷起不安的灵魂，我宁愿走进生命的另一处领地饱受风霜，也不会在无望的渡口等一叶渡江。元旦过了之后，初雪新梅生，薄薄的阳光竟有了初春的晴朗，站在焕然一新的渡口，斑驳的乌篷船也涂上了乌亮的桐油，一只斑鸠梳理疲惫的羽翼，也不是离别后的苍白模样。我看不到重来时熟悉的目光，只记得那时的人将御寒的外衣披在黑夜的肩上，一枚星光在河面上眨着眼，在语念中寻找前世的痕迹。那场雪催放了梅树的花期，人影憧憧下，你的每句话都在心里生根茁壮，成长了一个灿烂的春季。

　　思念溶于血液，浸入过骨髓，一舟寻梦，妙曼的柔情终结在无情的伤口。那时候并不知道新梅为雪而生，竟然在为那份无知的情感颓废，没人知道为何离开古镇的决意，真情如一张泼了墨的宣纸，瞬间就覆盖了勾画的蓝图，流下了泪的吻痕。

　　人生路上，不是所有的痴情都可以成画。把离愁一卷带去遥远的江南，不是乞求一季梅香消寒，每个人的幸福都有不同的颜色，能铭记的是：在命运面前，谁也不要和时间争长短。

　　细数生命里这一段欢愉，江南雨季汩汩流淌的记忆在后来干涸，你临水的静怡和挥别的冷漠若隐若现，给予的苦难和伤痕倒是后来成长的助力。多年前那场狭路相逢让我败走麦城，而在运河的上游却找到自己的幸福。人生的河流随处都有自己的渡口，一词一章，一生一曲，温润而丰盈。告别小镇的日子，夕阳里翻阅失色的记忆，有人笑靥如花，陪我痛饮陈年一曲。那酒后的欢畅，揉抚青春留下的伤痕，成就了一世的相依。

　　今夜更深露重，浓睡不消残酒，手心的一杯茶氤氲春天的气息，烟花梦残，一抹温馨从午夜的眉梢流转而出，坠落在窗外的梅枝。点点嫣红是消寒的喜色，十指相扣，交叠出旖旎的风光。在这样的季节，沧桑被相容收留，簇拥在虬枝上的花瓣绽放冬天的美丽，无论细雨如丝还是风寒雪浓，烟云渺处，我们每个人都回到了彼岸……

　　想那次你道别的从容，一把油纸伞遮挡远去的背影，江南，不再是眼里的伤心地。挣脱的怀抱走进那一天烟雨，内心的空洞却被后来的幸福填充，这一程，一个人的渡口是幸福的栖息地，总有一个地方可以容下游子的脚步，用固执的信念将我的荒凉摆渡。

从青春到暮年，很多相逢都沿着宿命的轨迹，重复这世上的恩恩怨怨，有的人如并行的铁轨，在偶尔交叉之后，瞬间各奔东西，用短暂的同行预留永远的别离，十年一梦扬州路，那个为我披衣送行的路口，一株沉睡多年的梅树，用散香的梅瓣，盈满鬓发如雪。

第九章

梅下抚风

你在一棵树下抚风,梅花就开了。

岁月里修身,斟一盏酒温暖冬天,雪霁后的天空,树枝上裸露的表情藏着春天。走过关山万里,在冬的轮回中才发现你是今生最爱的人,眉间的悲欢慢慢收敛,一场醉,生死成忆。

这年再回江南,油灯下说起的三句闲愁可抵晚来风急,惹过的尘埃在锦书里寄托,一段流年被笑影斜横。天长地久仍会为你而写，今生的夙愿便是在红尘渡岸，从容地将往事压缩在心底。浅雪洗容，很多逃不脱的世俗习惯藏在眼底，这场雪在身边落下的时候，迎雪时嫣然一笑，留下眸子里澄净的天色。

守着冬天，旧梦醒了，爱的信札封存在梦的枕边，如果真的懂得，就等腊月来时看你花开倾城。这是生命中不能抹杀的记忆，从三月款款而来，多年前淡扫峨眉，青春早已不再是枝头上绽放的花朵。抚摸初冬的雪，无形的沁香留在掌心，那天的风在旷野中呼啸，一方丝巾悬挂春天的呼唤。即使不再有眉清目秀的莞尔，这样的思绪如一朵梅花的绽放，沉稳的表情与寒雪同在，凌霜的骨撑起未来日月。

必经的路在天涯海角，谁的痴留在寒夜让思念无助，梅花点缀冬天的寒瑟，二月未到，城南桃花就有点迫不及待。多年前的桃花笺在手心揉碎，很多往事成了今天的遗忘，你和梅树一样寂寞无主，黄昏的愁在暮色里潜伏。俯首轻嗅，在梅红中餍足微笑，用手挽住一树希望，旷野里的神采飞扬都有三月时的晶莹明媚，把春天托在掌心，我便记住你初雪的模样。

终于学会了避寒，一袭冬衣、一方浅色纱巾烘托季节的多彩，阳光下晶莹的轻粉衬着岁月的静好，时间之外，有一个清癯的身影在不远处遥望。故国故园，一棵轻雪轻粉相缠的树让人忘记萧寒，在身后依然可以找到行走的方向。尽管时间可以将流年偷换，爱的磁场吸引今生相聚的天涯，一米阳光把世界温暖。你是寒枝上的花蕾，用等待将寒色开成嫣红，生命极致的怒放胜似桃花，解除宿命里漫长的煎熬。这些美好留存于相遇的典故，无论彼此走在何方，都可以将岁月的困局破解。

梅，如你的骨，在寒风中与你相伴，理顺青春时代的一丝乱发，笑脸便验证守望的坚强。少年春花不再是懵懂的眼花缭乱，有些姹紫嫣红总归经不起摧枯拉朽般的凛冽。这个季节唯独留下了你，苍老的容颜被雪水润泽，千万年来，你是驿外断桥边零落的尘香，也是消寒图里描色的一朵梅花瓣。岁月是你的底色，一场风雪就是季节的分界，手指抚摸冷香的娇艳，冷暖拼凑的人生再也没有惧寒的畏葸。

时间总让人们淡忘初见的感觉，很多幸福如错过的花期，离开后才能懂得珍惜的含义。故乡院落的门环锈迹斑斑，可我还是等待这一年迟来的花期，书房水仙和案头的梅浓缩了春天的景观,纱帘内橘黄色的灯闪烁着旧时温暖。或者,很多人都无法把爱情的谜底解开,而婚姻的殿堂只有偕老的誓言写下相遇的白首。你是上天赐予的幸福,围暖的丝巾上渲染爱情的原色,如果没人记得相遇的开始,就把冬天守护在故乡的梅园,即使花尽叶落,上一抹红晕为成长的岁月记录春夏的开始。

希望陪你一起走过冬天,在幸福里牵手,如果碎了的桃花笺还有一丝墨痕,也不会把一壶女儿红视为慵懒的颓废。春风吹来的前夜,围炉把酒话桑麻,让聊发的少年狂拥抱归来的沉醉,透明的琉璃盏蓄满久已的热情,岁月流音和纸上春红暂且搁置在寂夜。生命除了重叠的路,无论是什么季节,都会记得那年的你从竹林深处走来的身影,一身素雪落满笑靥,在寒冷时行走自如。

总有匹配的颜色赋予简单的生命,茫茫人世间,缘分如上苍的咒语让众生无力破解。看你传来的图片,无法漠视离别后的冬天眉眼中闪烁的期待。愿陪你今生海角天涯,走过春夏秋冬的路,将爱赋予应有的名分。时间埋葬了红颜,朝朝暮暮不仅是两情长久时的等待,爱情的责任更不是风花雪月下的卿卿我我,当我们逃过伤感的季节,庆幸走过的艰难成全今天的幸福。多少年的千回百转许一世的地老天荒，风雪蔓延后的故国河山，有一双素手在梅下抚风，这一切，我们的灵魂可以逃离身陷的冷地，把破碎的山河重整。

无论冬天如何漫长，总有春天无声的画面述说等待的希望，阳光灿烂的午后，似乎听到双脚踩着雪地的吱呀声。枯苍的枝丫萌生细细的春绿，抬眼间，你仿佛走到我的面前，脸上焕发的春色还有那年的单纯，听得见的心跳在十指紧扣的瞬间传递。这年冬夜，静守的风传来子夜清冽的笑声，柔情伸展在枝头被目光收取，一树的绝艳滋养温软的笑容，誓语潜在风中，三月许下重逢的佳期。

第十章

一念成歌

口风琴吹起《驿动的心》,你的长发遮挡回忆的表情。

多年后,我们会明白当初的那些"婆婆妈妈"究竟是对是错,谁把谁当成了孩子,谁把亲人提醒的担心在青葱时付之一笑。当我们为人父母,彼此都还在重复这句话的时候,有没有一点醒悟的沉默为曾经的青春自责!

低沉的和弦从口中吐出,呼呐之间的思绪在沉默里告白:送你远行，等我归来，这样的日子在岁月中引发的矛盾让很多人忘记自己。我们可以撇开父母的叮嘱，在彼此爱的人面前，生活的经历和过往的教训都因为爱而滋生。每个人都怕自己的亲人在成长过程中重蹈覆辙，岁月里的底色也不全是我们睁眼看世界时天然的艳丽。时间走到了今天，把童年和懵懂里做错的事彻底纠正，从传说的警示里找回生活的本真。

将岁月的帘帷打开，阳光照着窗前的身影，口琴上闪耀的光线让今天的室内多了温暖少了压抑。无雪的冬天，盆景上的梅骨朵印着朱砂的颜色，褪色的青春还有抹不去的印记，就像此时听你的歌。一念之间，我们从追寻的旅途中把过往一一梳理，亲人的话犹在耳边，起初不耐烦的逆反心理我们再对孩子说起的时候，很多羞愧只有自己能懂。

爱到稠密时，也总是把彼此当成孩子，少年时对于那些浪迹天涯的游子仗剑江湖的崇拜被时间淡去后，所谓的世事洞明就是常常挂在嘴边的词。每个人都有自己独立的故事和空间，一个人再睿智也不能避开生活中友善的提醒，两个人的世界，爱情亲情筑下的城缀着亲情的点滴，那些年的唠叨碎语像一个不停的钟摆提醒我们成长的路上一些该规避的事情。如果那时初见美好把爱情的轮回带入生活的空间，我想：不要等亲身经历的悲痛欲绝再说亡羊补牢的话，这世间，最爱我们的是亲人，尽管有些言词犀利如剑穿透你的虚荣，本意里的疼爱不可忽视。

在我们相离相送的路上，江南江北的时空还有数字键拨响的回音，一个特别的铃声提醒我，《驿动的心》是爱情独有的设置。我们从原版里延伸出自己的心情，将旋律和数字组合在等待的日子里。阡陌之上、雁北之外，思念的目光丈量彼此的距离，抛开巴山夜雨涨秋池的落寞，在重逢时用适当的手温抚摸彼此的心。目光如你今天的音符一点点的穿透，临窗对镜，却不说江南夜下的镜花水月带来的痴迷。如果能用重逢搅动一池月色，一定是那夜的歌声吟哦低沉的回音，在卸妆的容颜上写上休止符。

歌声停了，月儿西沉……

阳光在窗帘上起了皱，折叠的纱帘上细微的尘被卷动时飞扬，一夜沉寂的发丝被手指掠过，指甲划过台历上的日期，注明下一个归来的日子。青春的时光，这些镜像都是梦想的腾图，床头悬挂的合影落下岁月的灰尘后，目光掸不掉生命的痕迹。日记里很多泛黄的日子被时间掩藏，所有的担心在问询的辩解中总是回应那句话：我不是孩子，也不是犯人。这样的话在面对时多了调侃，在分离时多了斗嘴的狠，只是在团聚的怜爱中，有些争斗可以润泽微笑的唇角，不再纠结没有我的日子那些犀利的词锋伤过等待的心。在生活里求同存异，有些心情都要照顾必须的舒适度，如果是不相为谋的路人，谁又把这些惦念的担忧转化为分离的争斗？

岁月老了，心也就软了，重逢时点燃一炷幸福的香，祈福的表情倒也是像那年佛香阁的虔诚。很多誓言不再表达，只有香雾缭绕内心的吐纳，青春年少的我们都接受过高堂父母神圣的祝福，把岁月的路用匍匐的姿势走完。在春季看花，随落叶执意，相伴的路不问天涯海角，跟着季节的风向在岁月面前保留初心。

聚散离别各有其中的滋味，相遇的美好支撑后来的分离，故乡古老的水车和傲雪的梅花遥遥呼应，南国的红木棉就是冷冬时共同摄录的画面。北方的风在目光里沉沙，只有不觉晓的春梦听到边城的驼铃摇响黄沙万里，那是生命的驿站，脚步把岁月碾磨成泥。从青春到中年，走过多少繁华落幕的舞台，总有口琴奏出初遇时熟悉的旋律，短暂的生命，我们聆听和感受一生中难于忘却的声音，所谓的宿命和坎坷到最后在今天退避三舍。

经过的岁月为一首歌配音，未来行走的路上，愿和你风雨兼程。冬天束缚沉重的脚步，等待二月春风融化积雪，用真情入骨。些许风霜浸透不了共有的生命，有些爱令世人仰望，有段情被时间挥发，我们守着青春的执念在温顺的相从里找到属于我们的过去。

你信吗？很多积累的教训都能随着年龄的长大而自省，边关异域和落翠江南留下一路走过的寄语到今天想来才懂的亲人的叮咛是为了谁。尽管有时候我们放大了的悲伤缩小了快乐，那就用一首歌唤醒驿动的心。你要知道，时光里的偈语总有深刻的道理，即使容颜老去，也挡不住岁月的晚来风急。守一颗温暖的心抵御薄凉，家，不再是一张张剪去的票根，在最温暖的春夜，你的歌声轻轻响起：

驿动的心，只为你……

第十一章
在心的视界寻找自由的光

喜欢摄影,在一句名言里开始漫长的旅途,既然灵魂和身体总有一个在路上,我们就必须在生命的路上继续跋涉。在岁月的薄凉里感受温度,回望过去,不够耐心就是很多对的事情用错误的语气表达出来,但我相信,年龄终究会弥补性格里的缺憾。

年前的这场雪来得纷纷扬扬,北风哭夜,一地苍茫,谁见你雪里红妆，让目光在你的冰骨里牵绊。在异地的城市都有千山鸟飞绝的寒寂，早上在雨山湖边散步，昨夜的雪形成的景依旧有白茫茫一片真干净的感觉，一枝月季上凝固的雪色衬映花色的鲜艳，拿出手机给寒风里的花苞定焦。我不知道故乡的湖边上有没有一朵含苞的花在风雪中屹立，寒风冻僵了它的躯干，唯有那朵红艳在风雪中不屈的摇曳。万物自然都躲不开寒冷的侵袭，只是有的花早早地败了，有的怀抱冰雪，在冷酷的世界顽强地活着。倾城绝色，当如此，我理解的倾城是多年后你还是我初见的模样！即使青春不再，你的鱼尾纹里却饱含我们一生的幸福和眼泪！

拿着手机聚精会神地对着那朵花苞，晨练时，一位老人在身边驻足，饶有兴趣地看着我。老人70多岁，精神矍铄，好像绕着湖边已经走了几圈，呼吸凝成的霜色和他眉毛混为一体，他和我聊了几句，继续沿着湖边小路疾走，雪在他的脚下发出吱呀声，稳健的步子让我心中充满敬佩。生命在于运动，很多贪图安逸和温暖的人体会不到健康带来的乐趣，也没有在冰雪中行走的勇气。

不由得打了电话，询问家中的雪是不是也覆盖了整座城市，叮嘱父亲晨练的时候注意雪天路滑。风在呼啸，江南的这座小城依然沉寂在冬天的安静中，在外这么多年，每一次出行除了惦记年迈的父母，还有家乡今夜在风雪中那扇窗子里橘黄色的灯光。引以自豪的湿地芦花在寒水中以荷为伴，我相信小岛上的梅花一定也开了。目光巡视眼前的一切，在这里竟然没有发现早上出来期待看到的梅，甚至连一株蜡梅也没有发现。前天出来之前，家中的蜡梅开满各个角落，在起初到来的浅雪中散发凛冽的香气，而此时，除了眼前一些凋零的树，也只有花坛上的月季带着一点醒目的红。

突然想到几年前的你，在江南另一个小镇上踏雪寻梅的乐趣，薄薄的雪都让人惊喜不已，老式相机里的取景框记录过那些年走过的路，也有一场雪带来的冬天稀少的暖。那是我的第二故乡，唯一相同的就是运河从我身边流向江南，从战火中保留的小镇给那里增添不同的人文历史，也给那方土地的人多了份婉约的柔情。故乡对我来说现在已经不是单一的地理位置，她是能让你魂牵梦绕的地方，有些地方虽然不是根的所在，却有灵魂皈依的安全感。即使远赴边关和我归来后的小屋不复存在，耳边一些难懂的乡语和嗔怨的表情在岁月中挥之不散，让我把怀念这个词留在我生活十几年的江南。

那时候生活很苦，用拼搏这个词不如说是谋生的迫不得已，在那里一晃十几年，曾经的青春也付诸流水。我相信有些困苦和无情也能成就某一种人，生活里那些让我们痛到骨子里的人和事可以在痛彻后转换成生命的思考和奋进，逼着自己在逆境下成长。走散了的爱，漂泊的家都可以背在囊中，背着它在后来走向天南地北。很多冬天深刻地感受过北方的冷，如今看南方的雪简直就是小巫见大巫。从无锡回来后，有一年的冬天却在咸阳度过，那种萧瑟和冷风是可以让骨子都好像开裂，更见不到雪野上一点红色。空旷的咸阳塬，一座座封土堆像白了头的山丘，如今流行的一句网语，也形容不了昨夜雪中的心境。

"想和你一起去看雪，或许一不小心就一起白了头"。和友人夫妻俩调侃地说着这两年才流行的词，心中忽然闪过别样的情绪。那时北方的新年前没有人和我说过相同的话，只有秦宫外的渭河冻结过忧伤的曾经。在大雪中行走，却少了一生白首的浪漫，用流放的心对待回到故乡后诸多失望的悲伤。我们都期待一个春天，把很多梦想预置在新年到来的前夜，偶尔想起那些日子，还能听见雪花深处的一声叹息。

总是黑暗后的黎明引来阳光，红霞从天边升起的时候，我已经绕着城市中这个小小的湖泊跑了三圈。鸟依旧躲进自己的巢，炊烟钻进了天边的云彩，无端的回忆总是带着疼，而人生隔着一场雪就走过无数冬天。雪覆盖的春草需要雪水的滋润，生命的蓬勃在二月发力，月季、梅花、漂泊的伤口以及落单的孤独组成生活无数个日子，时间却像天空中飘落的羽片在阳光下无影无踪。我们都不必要让一些过去成为一场不醒的梦麻醉自己，被苦寒冰封来时的路。风过无痕，记忆伴着花开花落，能做到的还是守护自己那点温柔，或者往事也像一片雪花，赶在春天到来之前结束这段寒冷，在春天找回走失的一切。

一切都在记忆中，包括多年前的人生和临水照影的你，如果锻炼可以增强体质，那么温暖也能修补自己生命的残缺。几十年来罕见的这个冬天，在清雪中勾勒你素年的嫣红，曾经心醉迷人的眼神是留给今天的快乐，那朵被封冻的花香已成为今天的平静。

回到故乡的梅林,于风中闻一缕冷香。那个阑珊少年揉碎残念,饮罢一壶烈酒,任天涯的风,把阴霾吹散。